中華古籍保護計劃

ZHONG HUA GU JI BAO HU JI HUA CHENG GUO

·成果·

御製圓明園詩

（清）高宗弘曆 撰
（清）鄂爾泰 張廷玉等 注

永青文庫四種 ◎ 國家圖書館（國家古籍保護中心）編

國家圖書館出版社

圖書在版編目（CIP）數據

御製圓明園詩/（清）高宗弘曆撰；（清）鄂爾泰，張廷玉等注. — 北京：國家圖書館出版社，2019.6
（永青文庫四種）
ISBN 978-7-5013-6714-6

Ⅰ. ①御… Ⅱ. ①高… ②鄂… ③張… Ⅲ. ①古典詩歌—詩集—中國—清代 Ⅳ. ①I222.749

中國版本圖書館CIP數據核字（2019）第050072號

書　　名	御製圓明園詩
著　　者	（清）高宗弘曆　撰　（清）鄂爾泰　張廷玉等　注
叢 書 名	永青文庫四種
叢書著者	國家圖書館（國家古籍保護中心）　編
責任編輯	史百艷　宋志英
封面設計	徐新狀
出版發行	國家圖書館出版社（北京市西城區文津街7號 100034） （原書目文獻出版社　北京圖書館出版社） 010-66114536　63802249　nlcpress@nlc.cn（郵購）
網　　址	http://www.nlcpress.com
印　　裝	北京金康利印刷有限公司
版次印次	2019年6月第1版　2019年6月第1次印刷
開　　本	889 × 1194（毫米）　1/16
印　　張	27.5
書　　號	ISBN 978-7-5013-6714-6
定　　價	280.00圓

「永青文庫四種」出版説明

2018年是《中日和平友好條約》締結40周年。6月26日，日本前首相、日本公益財團法人永青文庫理事長細川護熙先生將36部4175册漢籍無償捐贈中國國家圖書館，延續了兩國歷史上「以書會友」的友好交流傳統，爲中日兩國文化交流做出了重要貢獻。

該批捐贈多爲中國古代文化典籍，從儒家到諸子，從歷史到文學，類型多樣，保存完整，中日刻本俱在，是中日文化交往的重要例證。爲紀念這次捐贈，我館特舉辦「書卷爲媒 友誼長青——日本永青文庫捐贈漢籍入藏中國國家圖書館展」，以中日兩國縱貫千年、源遠流長的書籍之路爲主綫，展示此批漢籍捐贈的文化内涵和歷史意義。我館還在善本書庫内設立永青文庫捐贈漢籍專藏，向讀者提供原件閲覽服務；啓動了捐贈漢籍數字化工作，秉承「邊建設，邊服務」的原則，陸續面向公衆提供數字影像查閲服務。

作爲紀念活動的組成部分，我館從捐贈漢籍中，遴選出四部代表性文獻，委托國家圖書館出版社影印出版，以期滿足廣大讀者閲讀和研究之用。

經部選用日本弘化四年（1847）影宋刻本《尚書正義》。該書宋刻在中國失傳，幸由日本熊本藩時習館影刻得以流傳於世，是日本刊本中的名品。

史部選用日本明治十六年（1883）東京山中市兵衛刻本《點注十八史略校本》。德川幕府時期，日本講習《十八史略》興盛，諸藩官學多據爲童蒙之書，對日本社會文化影響廣泛。

子部選用日本天明七年（1787）刻本《群書治要》。此書爲唐魏徵主持編纂，用史事資政。該書經由日本遣唐使帶到日本，被日本歷代天皇及大臣奉爲圭臬。由於該書在我國唐末時即已亡佚，直至九百年後的日本寬政八年（1796）纔重爲清代士人所知。

中國改革開放後，習仲勛同志曾爲《群書治要考譯》一書題詞「古鏡今鑒」，明確此書的警世育人價值。《群書治要》的刊印，是中日文化交流千年的歷史見證。

集部選用清刻朱墨套印本《御製圓明園詩》。這部漢籍原爲清代宮廷畫師爲乾隆皇帝《圓明園詩》所作，每景一圖一詩，反映圓明園全盛時期景象，印製精美，在我國存世稀少，借此次影印得以推廣。

細川護熙先生爲這次漢籍捐贈，曾經墨書題寫「文章經國大業不朽盛事」，以宣明文化典籍的重要功用。中日兩國自古以來就是舟楫往還、文化互鑒的鄰邦。這次精心甄選影印的四種漢籍，將繼續譜寫中日兩國文化交流佳話，希望能得到中日兩國人民的喜愛。

中國國家圖書館（中國國家古籍保護中心）

二〇一九年三月

影印「永青文庫四種」縁起

2018年は『中日平和友好条約』締結40周年にあたります。6月26日、公益財団法人永青文庫理事長・細川護熙元総理がこの節目に同文庫所蔵の漢籍36部4175冊を中国国家図書館に寄贈いたしました。この事業は両国歴史上「文を以て友を会し」（『論語』顔淵篇のことば）という友好交流の伝統を受け継ぎ、中日両国文化交流に多大な貢献を果たしてくださいました。

寄贈された漢籍は主に中国古代文化に関する典籍です。儒家から諸子百家、歴史から文学まで、あらゆる分野に及び、保存状態も非常に良く、中日両国の出版物を含んでいることから、中日文化交流の重要な実例と言えます。今回の寄贈を記念するため、「書巻為媒　友誼長青――日本永青文庫捐贈漢籍入蔵中国国家図書館展」（書物を介して友情永遠〈とわ〉に）と題する展示会も開催されました。この展示会は中日両国千年来の長い歴史を持つ書物ロードをプロットとし、漢籍寄贈の文化的且つ歴史的な意味を表したものです。さらに当館内に「永青文庫寄贈図書コレクション」を設置し、利用者に原本閲覧サービスを提供します。一方、寄贈された漢籍のデジタル化を実施し、スローガン「辺建設、辺服務」（創建と公開）の下、デジタル化を完了した資料の映像検索サービスを利用者に提供する予定です。

ここに、記念イベントの一環として、寄贈された漢籍の「経、史、子、集」四部からそれぞれ一種を選択し、国家図書館出版社より影印本を出版し、利用者の読書と研究に供することとなりました。

経部からは、弘化四年（1847）に出版された宋刊本『尚書正義』の影刻本です。この宋刊本は中国では散逸してしまい、熊本藩の時習館が覆刻した影刻本が現代まで伝えられ、日本刊本の名品と言われます。

史部は明治十六年（1883）東京山中市兵衛刊本『點注十八史略校本』を選びました。徳川幕府時代、日本では『十八史略』

の講習が隆盛となり、多くの藩校はそれを子供向けの歴史教科書として使用し、日本の社会文化に広く影響を及ぼしました。

子部は天明七年（1787）刊本『群書治要』を選びました。同書は唐の魏徴らが編集したもので、中国古代政治文献選集です。遣唐使が日本へ持ち帰り、日本の歴代天皇や大臣に尊重されましたが、中国では唐代末期にすでに散逸し、九百年後の寛政八年（1796）になって再び清朝の学者が本書によってその存在を知りました。中国の改革開放後、革命家・習仲勛同志は『群書治要考訳』（団結出版社，2016）に「古鏡今鑒」と題字を揮毫して、本書の治世訓育に於ける価値を明らかにしました。この『群書治要』の出版は、中日千年文化交流の歴史的記念にもなるでしょう。

集部から選んだのは『御製円明園詩』です。本書は清朝の宮廷絵師らが乾隆皇帝御撰『円明園詩』をもとに、景色ごとに詩一首絵一幅を添え、円明園全盛期の様子を再現したものです。印刷技法も緻密で美しく、現存する部数は僅少であり、影印を機により多くの方々に知っていただくことを願っています。

細川護熙先生は今回の漢籍寄贈に「文章経国大業不朽盛事」（三国時代曹丕のことば）と揮毫くださり、文化典籍の果たした大きな役割を明らかにしました。中日両国は古くから海を隔てた交流を続け、互いに学び合う重要な隣国です。今般、厳選の上、四種の漢籍が影印されることは、将来に亘って中日両国文化交流の佳話となり、両国人民に語り継がれるものと期待しております。

中国国家図書館（中国国家古籍保護センター）

二〇一九年三月

目録

原書第一册封面……一
世宗憲皇帝御製圓明園記……三
卷一目録……二五
卷一
正大光明（附圖）……二七
勤政親賢（附圖）……三九
九州清晏（附圖）……四七
鏤月開雲（附圖）……五九
天然圖畫（附圖）……六九
碧桐書院（附圖）……八七
慈雲普護（附圖）……九五
上下天光（附圖）……一〇三
杏花春館（附圖）……一一一
坦坦蕩蕩（附圖）……一二一

原書第二册封面……一三一
卷二目録……一三三
卷二
茹古涵今（附圖）……一三五
長春仙館（附圖）……一四三
萬方安和（附圖）……一五一
武陵春色（附圖）……一五九
山高水長（附圖）……一六七
月地雲居（附圖）……一七五
鴻慈永祜（附圖）……一八三
彙芳書院（附圖）……一九五
日天琳宇（附圖）……二〇三
澹泊寧静（附圖）……二一一

原書第三冊封面……二二一
圓明園後記……二二三
卷三目録……二三九
卷三
映水蘭香（附圖）……二四一
水木明瑟（附圖）……二四九
濂溪樂處（附圖）……二五七
多稼如雲（附圖）……二六五
魚躍鳶飛（附圖）……二七三
北遠山村（附圖）……二七九
西峰秀色（附圖）……二八七
四宜書屋（附圖）……三〇三
方壺勝境（附圖）……三一一
澡身浴德（附圖）……三二一
原書第四冊封面……三三一
卷四目録……三三三
卷四
平湖秋月（附圖）……三三五
蓬島瑤臺（附圖）……三四三
接秀山房（附圖）……三五一
別有洞天（附圖）……三五九
夾鏡鳴琴（附圖）……三六五
涵虚朗鑒（附圖）……三七三
廓然大公（附圖）……三八一
坐石臨流（附圖）……三八九
麯院風荷（附圖）……三九七
洞天深處（附圖）……四〇五
跋……四一三

御製詩
第一冊

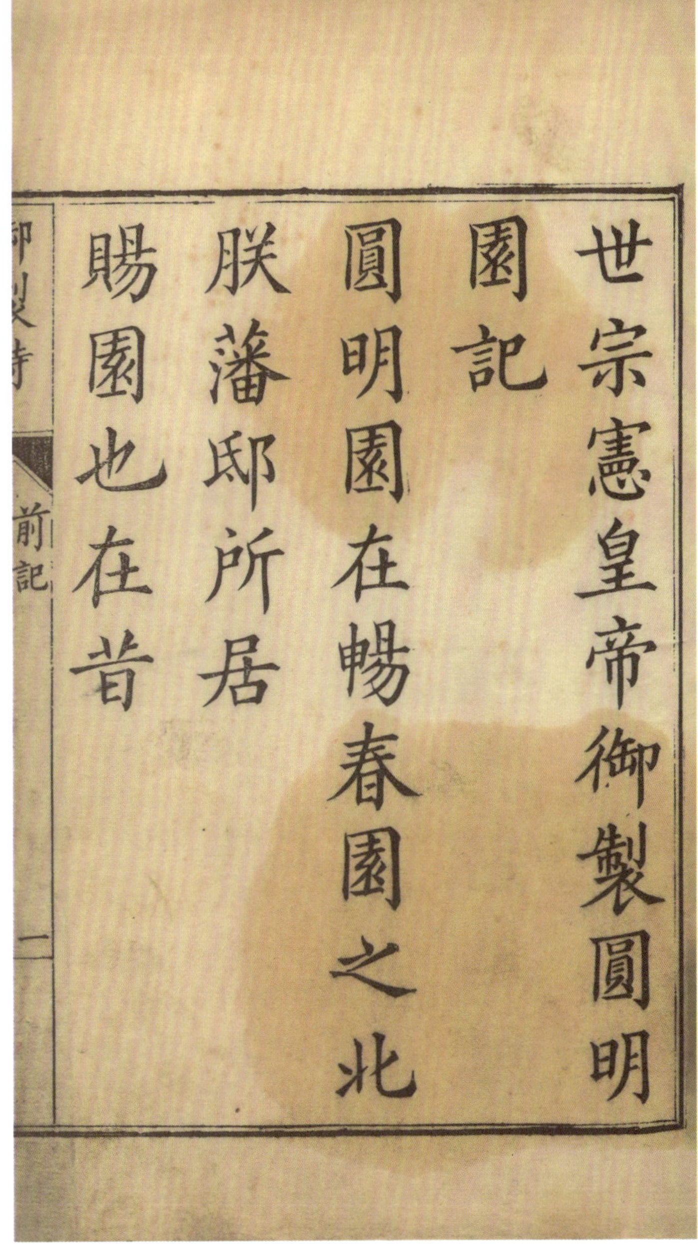

世宗憲皇帝御製圓明園記

圓明園在暢春園之北朕藩邸所居賜園也在昔

御製詩 前記 一

皇考聖祖仁皇帝聽政
餘暇遊憩於丹陵沜之
涘飲泉水而甘爰就明
戚廢墅節縮其址築暢
春園熈春盛暑時臨幸

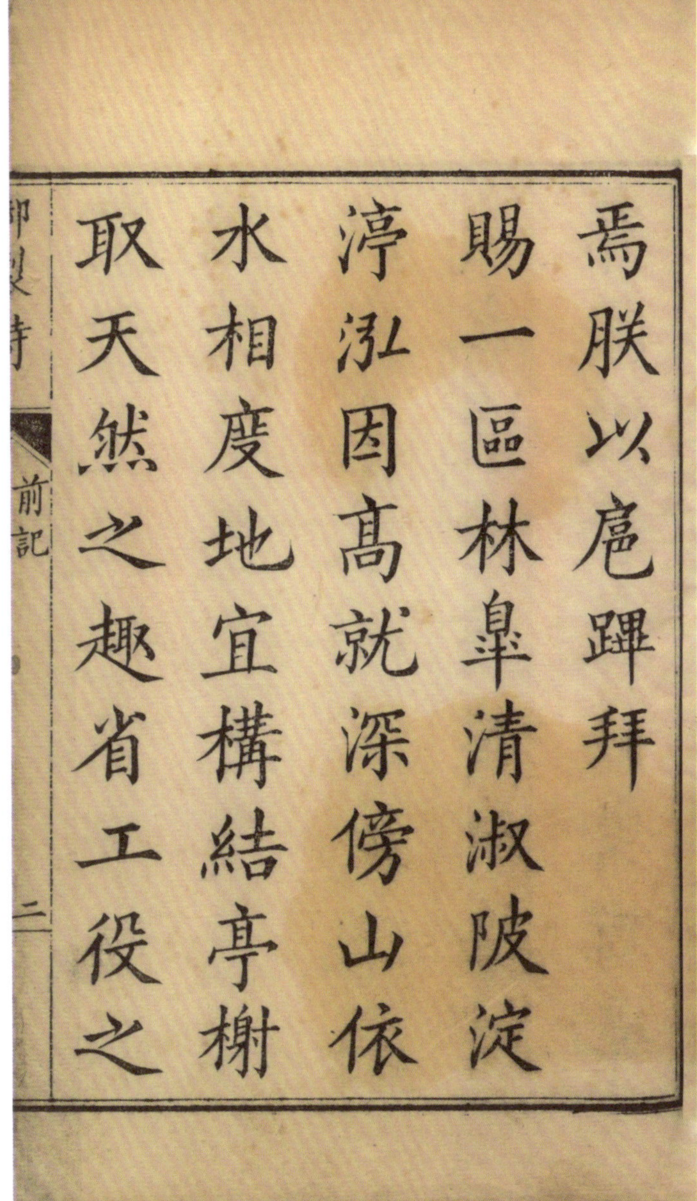
焉朕以扈蹕拜
賜一區林皐清淑陂淀
渟泓因高就深傍山依
水相度地宜構結亭榭
取天然之趣省工役之

御製詩　前記　二

煩檻花堤樹不灌溉而滋榮巢鳥池魚樂飛潛而自集蓋以其地形爽塏土壤豐嘉百彙昜以蕃昌宅居於兹安吉也

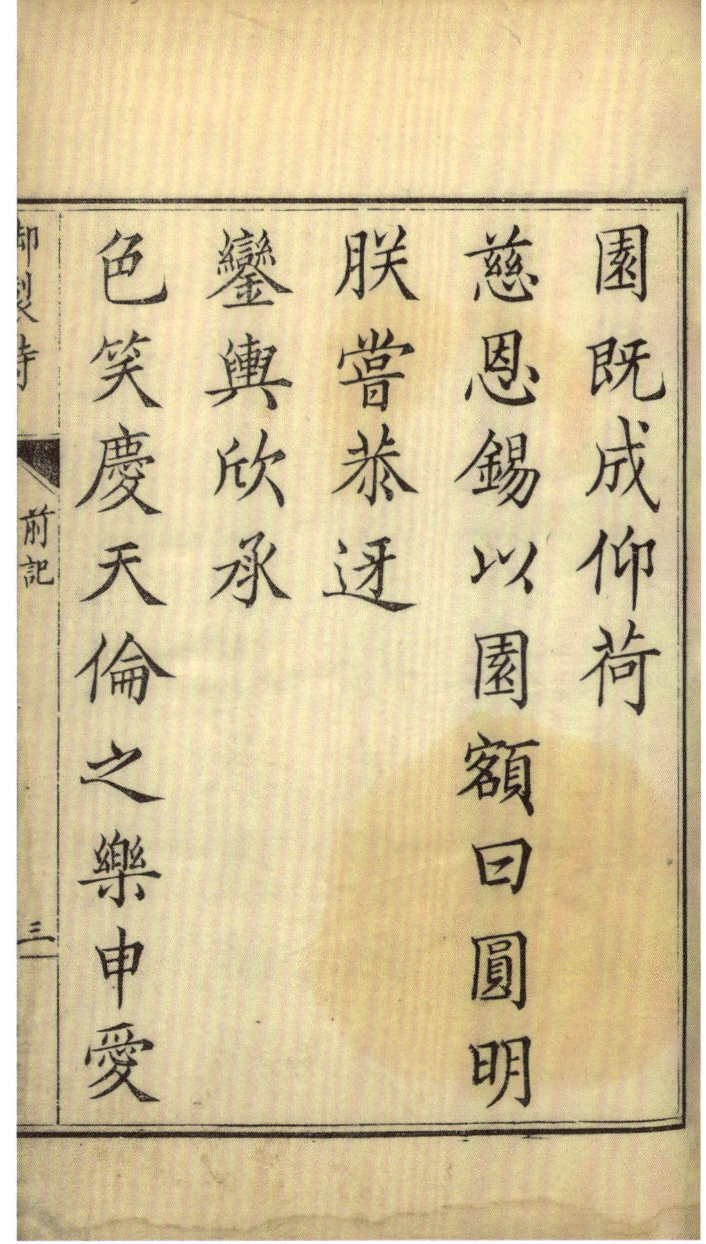

園既成仰荷
慈恩錫以園額曰圓明
朕嘗恭迓
鑾輿欣承
色笑慶天倫之樂申愛

御製詩　前記　三

日之誠花木林泉咸增
榮寵及朕纘承大統夙
夜孜孜齋居治事雖炎
景鬱蒸不為避暑迎凉
之計時踰三載僉謂大

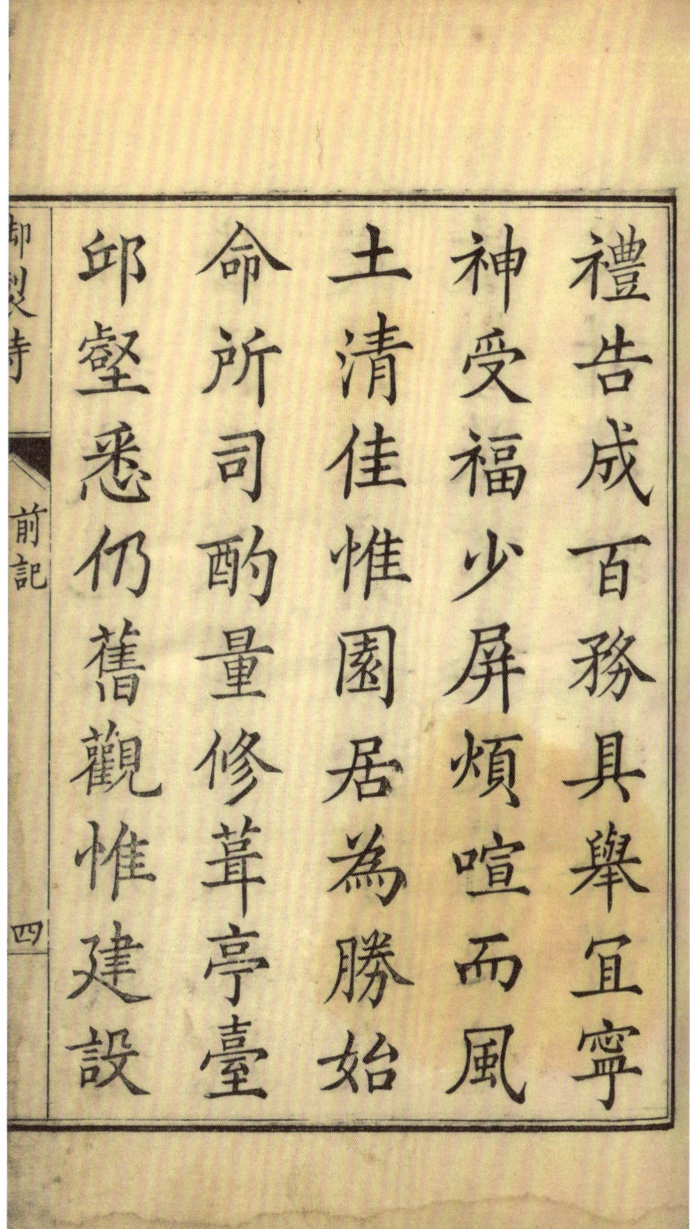
禮告成百務具舉宜寧
神受福少屏煩喧而風
土清佳惟園居為勝始
命所司酌量修葺亭臺
邱壑悉仍舊觀惟建設

御製詩　前記　四

軒墀分列朝署俾侍直
諸臣有視事之所構殿
於園之南御以聽政晨
曦初麗夏晷方長名對
咨詢頻移晝漏與諸臣

相接見之時爲多園之中或闢田廬或營蔬圃平原膴膴嘉穎穰穰偶一眺覽則遐思區夏普祝有秋至若憑欄觀稼

臨陌占雲望好雨之知
時冀良苗之應候則農
夫勤瘁穡事艱難其景
象又恍然在苑囿間也
若乃林光晴霽池影澄

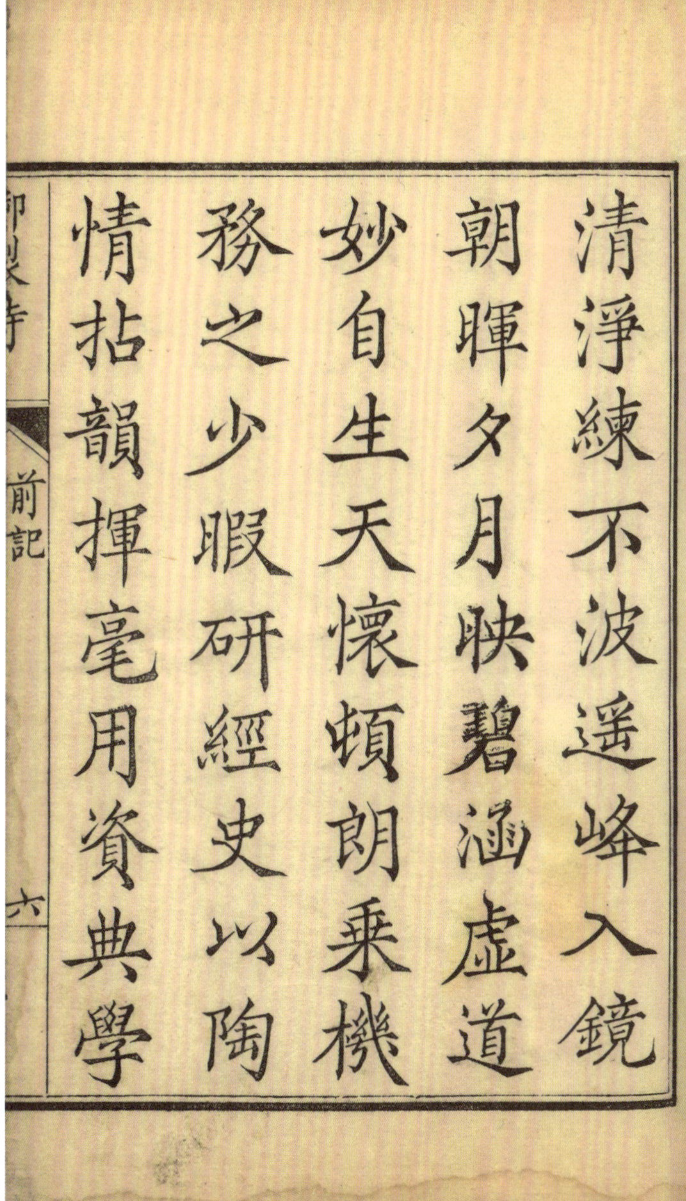

清淨練不波遥峰入鏡朝暉夕月映碧涵虚道妙自生天懷頓朗乘機務之少暇研經史以陶情拈韻揮毫用資典學

凡茲起居之有節悉由
聖範之昭垂隨地恪遵
罔敢越軼其采椽栝柱
素甍版扉不斵不枅不
施丹雘則法

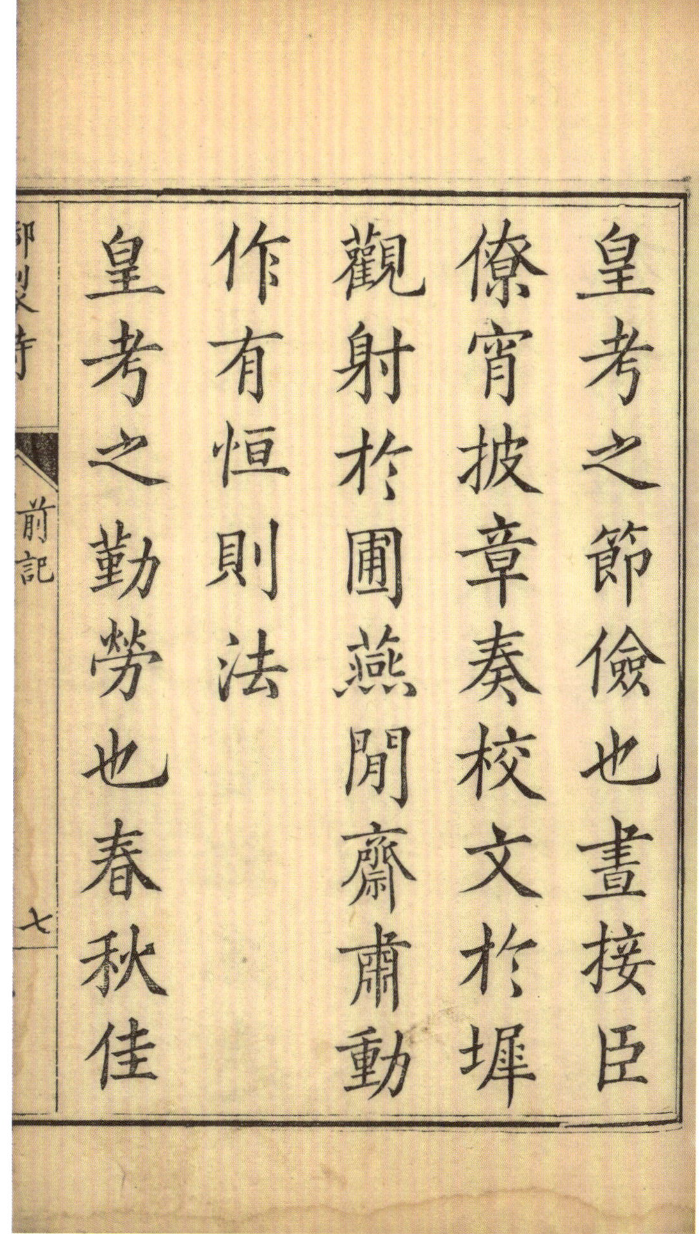

皇考之節儉也晝接臣僚宵披章奏校文於墀觀射於圃燕閒齋肅動作有恒則法

皇考之勤勞也春秋佳

日景物芳鮮禽奏和聲花凝湛露偶名諸王大臣從容遊賞濟以舟楫餉以果蔬一體宣情抒寫暢洽仰觀俯察游泳

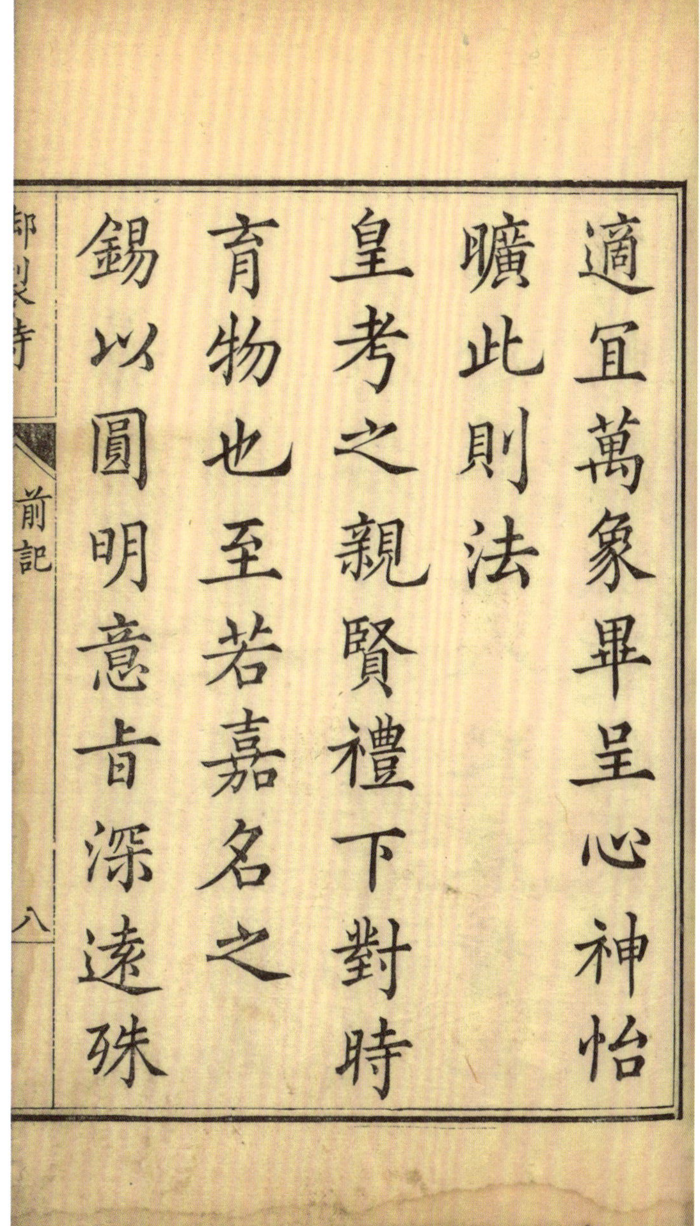

適宜萬象畢呈心神怡

曠此則法

皇考之親賢禮下對時

育物也至若嘉名之

錫以圓明意旨深遠殊

未易窺嘗稽古籍之言
體認圓明之德夫圓而
入神君子之時中也明
而普照達人之睿智也
若舉斯義以銘户牖以

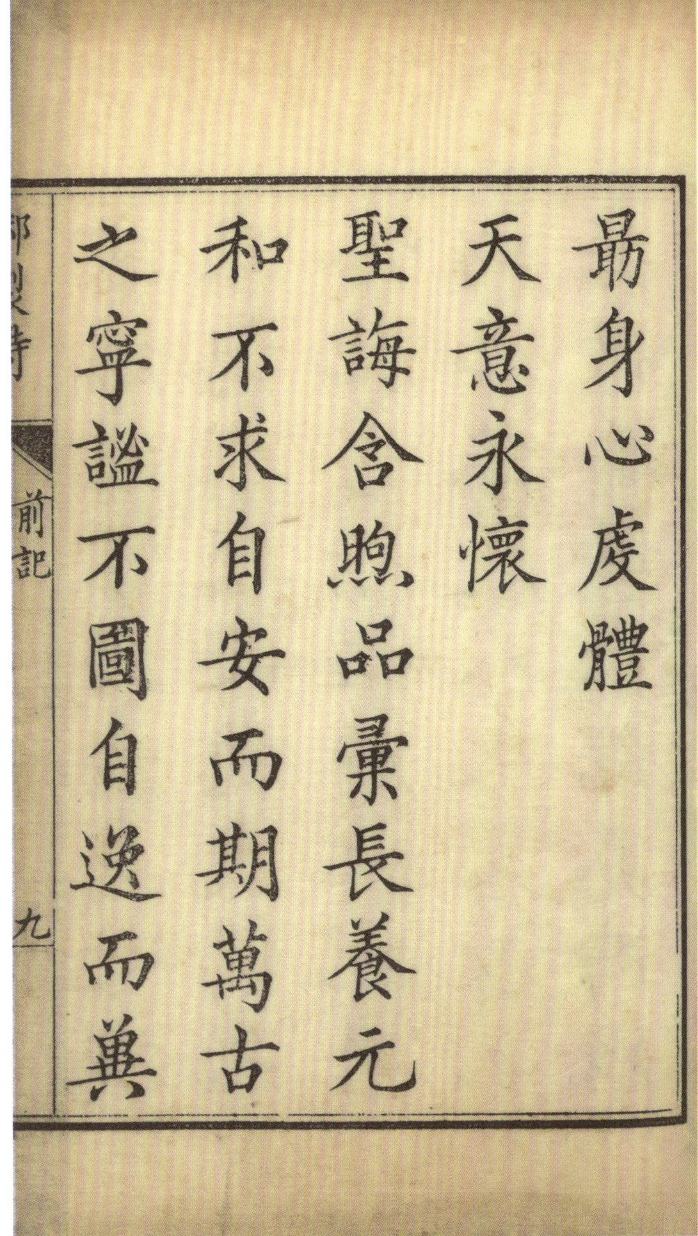

勗身心虔體
天意永懷
聖誨含煦品彙長養元
和不求自安而期萬古
之寧謐不圖自遂而異

百族之恬熙庶幾世躋
春臺人遊樂國廓鴻基
於孔固綏福履於方来
以上答
皇考垂祐之深恩而朕

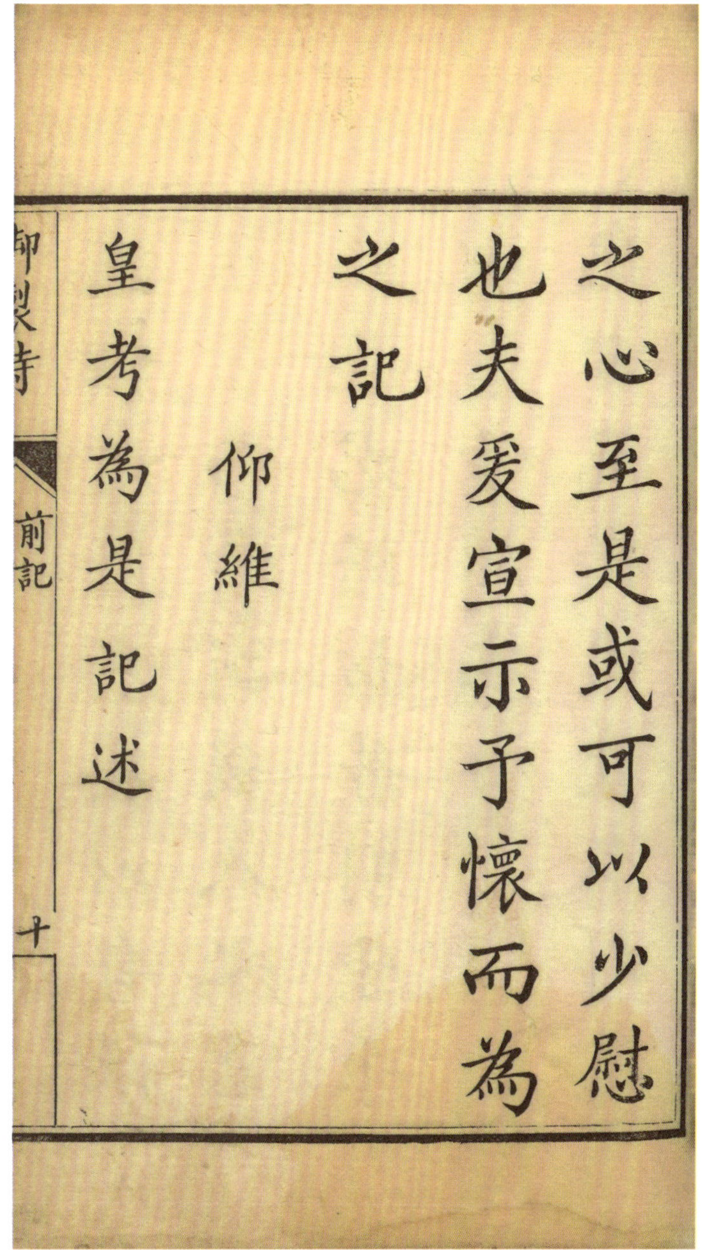

之心至是或可以少慰
也夫爰宣示予懷而為
之記
仰維
皇考為是記述

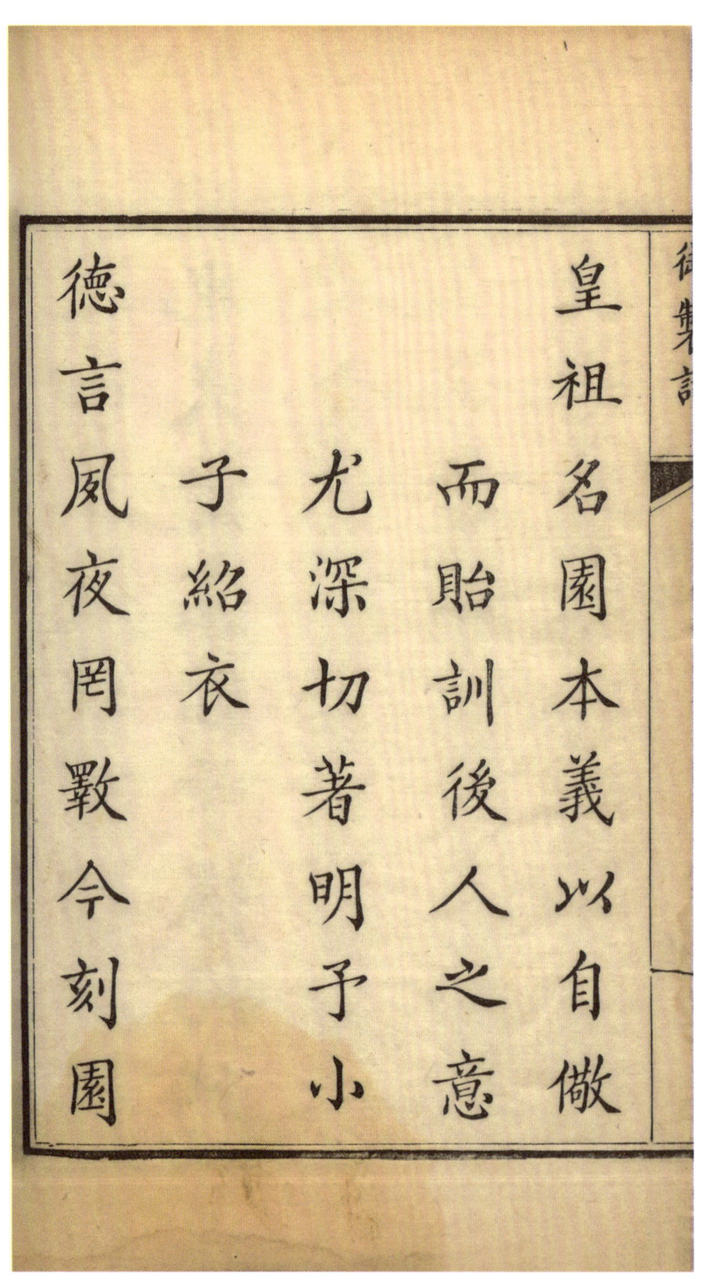
皇祖名園本義以自儆
而貽訓後人之意
尤深切著明予小
子紹衣
德言夙夜罔斁今刻園

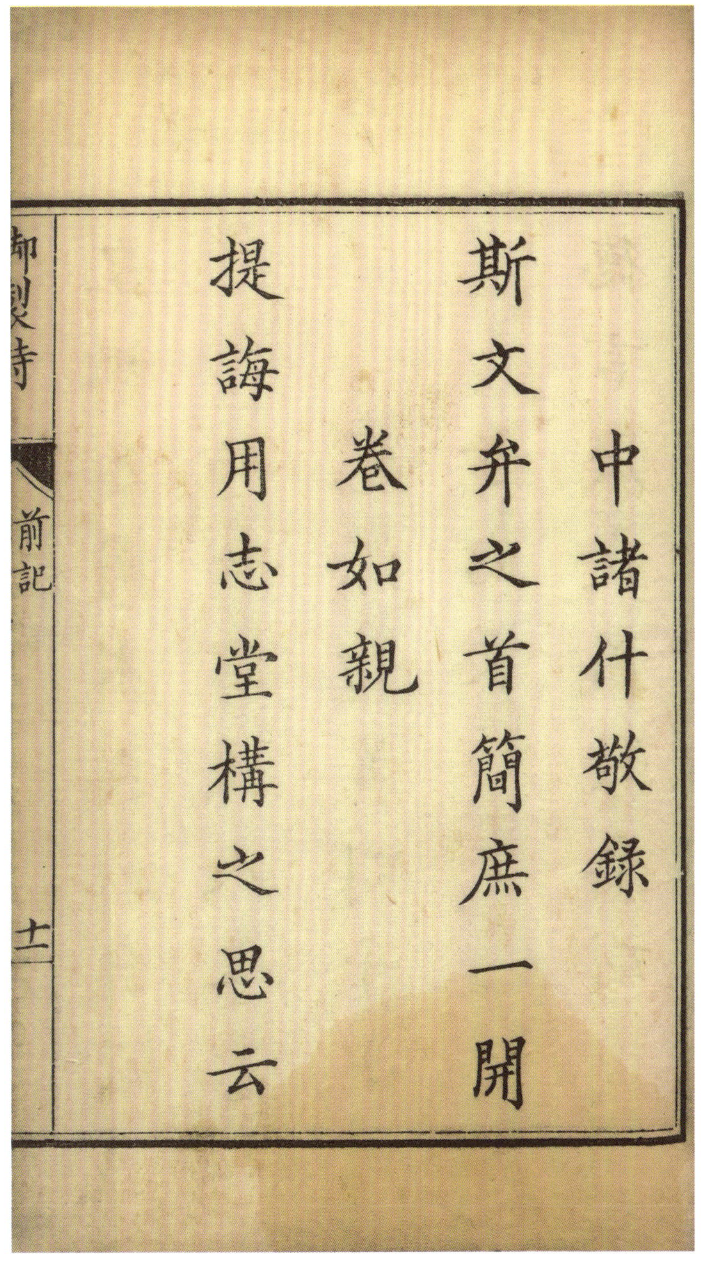

中諸什敬録
斯文弁之首簡庶一開
卷如親
提誨用志堂構之思云

御製詩 前記 十

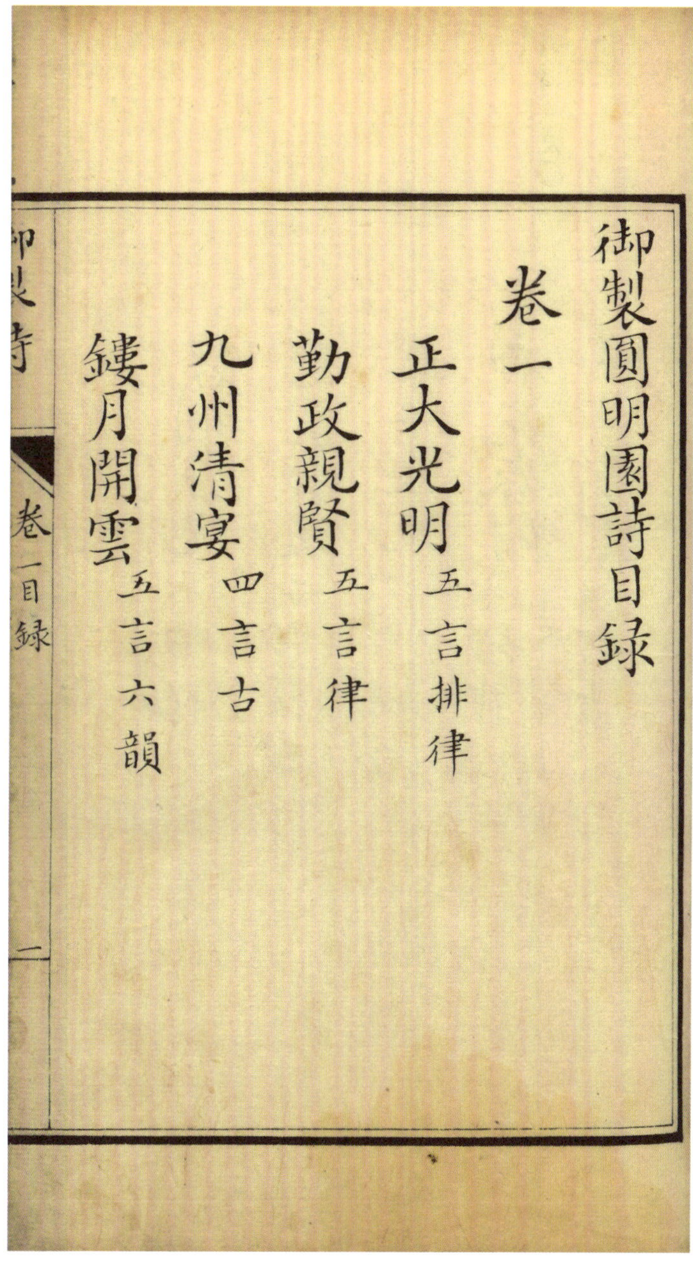

御製圓明園詩目録

卷一

正大光明五言排律
勤政親賢五言律
九州清宴四言古
鏤月開雲五言六韻

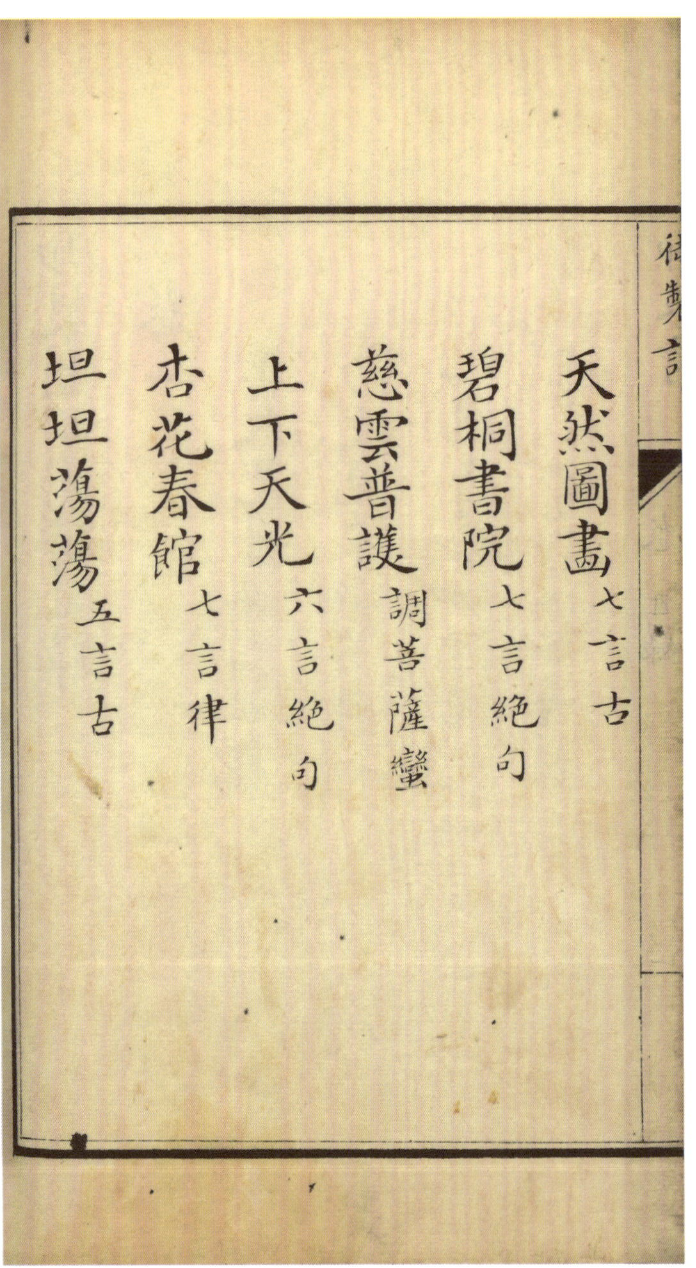

天然圖畫七言古
碧桐書院七言絶句
慈雲普護調菩薩蠻
上下天光六言絶句
杏花春館七言律
坦坦蕩蕩五言古

正大光明

園南出入賢良門内爲正衙不雕不繪得松軒茅殿意屋後峭石壁立玉筍嶙峋前庭虛敞四望墻外林木陰湛花時霏紅疊紫層映無際

勝地同靈囿管子賢知之君必立于勝地故正天下而莫之敢禦也薛

稷詩勝地寫丹青。詩王在靈囿。班固東都賦誼合乎靈囿。**遺規繼暢春**張華詩周任有遺規。聖祖御製暢春園記都城西直門外十二里曰海淀。神臯之勝區也。因明戚畹別墅遺址。少加規度。既成而以暢春為名。**當年成不日**左思魏都賦商豐約而折中。準當年而為量。詩不日成之。**奕代永居辰**曹植皇子生頌仁聖奕代永載明明。論語譬如北辰。居其所而眾星拱之。劉歆甘泉宮賦按軒轅之舊處。居北辰之閎中。**義府庭羅璧**左傳詩書。

義之府也唐太宗詩討論窮義府謝朓詩充庭羅翠旗韋抗詩廣庭臨璧沼宋之問秋蓮賦飛閣兮周廬金鋪兮璧除

恩波水瀉銀

阮咸謝狀登俎之美屢浹于恩波岑參詩共沐恩波鳳池上趙孟頫詩荷盤瀉水銀

草青思示儉

唐庚詩草青仍過雨禮記國奢則示之以儉元史世祖思太祖創業艱難俾取所居之地青草一株置大內丹墀前謂之示儉草

山靜體依仁

易疏艮象山之體靜止故留止也陳子昂詩皎皎白林秋凝凝翠山靜杜甫詩何處

且依仁。只可方衢室。子華子堯居于衢室之宮。垂衣而襞幅。邃如神明之居。輯五瑞以見羣后。何須道玉津。玉海玉津園在南薰門外夾道為兩園。中引閔河水別流貫之。又紹興十七年建玉津園。在龍山之北。楊侃皇畿賦景象仙島。園名玉津。經營懲峻宇。書厥既得卜則經營。詩經之營之。又予其懲而毖後患。書峻宇雕墻。王融發樂辭歌峻宇臨層穹。出入引賢臣。出入賢良門匾額。皇考御筆也。

漢書霍光傳出入禁闥二十餘年小心謹慎未嘗有過又汲黯傳上名黯拜為淮陽太守黯曰臣願為中郎出入禁闥韓詩外傳推賢仁也引賢義也説苑賢臣處六正之道故上安而下治漢書王褒傳益州刺史王襄奏褒有軼才上乃詔為聖主得賢臣頌

洞達心常豁

班固西都賦內則街衢洞達閭閻且千席夔冬日可愛賦廓開曀霾洞達遐徼宋史太祖紀汴京新宮成御正殿坐令洞開諸門謂左右曰此如我心少有邪曲人皆見之史記高祖紀意豁如也常有大度

清涼境

絕塵三輔黃圖清涼殿夏后氏之殿也亦
曰延清堂。西都賦清涼宣溫神仙長
年。宋史樂志玉虛聖境絕纖塵。桓
法闉詩當知勝地遠。于此絕囂塵。常移雲
館蹕庾集詩移蹕宮城曙。烟花繞闕重。郭
璞蓬萊山贊金臺雲館。皜哉禽獸。左
思吳都賦寒暑隔閡乎邃宇。虹蜺回帶於
雲館。江總樂府千門響雲蹕。周禮天官宮
正。凡邦之事蹕。注王當出。則宮正
主禁絕行。若今衛士填街蹕也。未費地
官繕史記平準書山川園池市井租稅之
入。不領於天子之經費。周禮地官司

徒曰教官之屬。張籍詩惟聞有地官。漢書武帝紀元狩四年。初算緡錢。注李斐曰。緡絲也。以貫錢也。

生意榮芳樹

皮日休詩暫聽松風生意足。蘇軾詩蘭菊有生意。陶潛歸去來辭木欣欣以向榮。魏收詩仙草百花榮。陸機詩芳樹發華顛。王維詩芳樹萬年餘。

天機躍錦鱗

莊子嗜慾深者其天機必淺。杜甫詩出處各天機。喻坦之詩垂楊拂躍鱗。方干詩垂絲牽錦鱗。

肯堂彌厪念

書若考作室。既底法。厥子乃弗肯堂。矧肯構。陸機論前人欲以垂後。後人思其堂構。

潘恩詩宵旰正釐明主慮。俯仰惕心頻家語子貢曰夫禮将左右周旋進退俯仰于是乎取之。易君子終日乾乾夕惕若。書怵惕惟厲。中夜以興。宋玉九辨心怵惕而震盪兮。

勤政親賢

正大光明之東為勤政殿。日於此披省章奏。名對臣工。亭午始退。座後屏風。書無逸以自勗。又東為保合太和。秀石名葩。庭軒明敞。觀閣相交。林徑四達。

庭訓昭雲日晉書孫盛傳性方嚴有軌憲。雖子孫班白。而庭訓愈峻。高適詩綵服趨庭訓。分交載酒過。謝靈運詩雲日相暉映。欽承切式刑書惟說式克欽承。晉書禮志欽承舊章肅奉典制。詩儀式刑文王之典。敕幾宵豈暇書敕天之命。惟時惟幾。杜甫詩宵旰憂虞軫。羅隱詩聖君宵旰望昇平。書自朝至於日中昃不遑暇食。籲俊刻靡寧書籲俊尊上帝。王安石詩天心初籲俊。雲翼首離潛。杜甫有事於南郊賦。又齋心於宿設。將旰食而靡寧。

韓愈詩嗜善心靡寧。**一念徵蒙聖**白居易贊善始一念。千念相屬。洪範五曰思。思曰睿。睿作聖。八庶徵。曰聖。時風若。曰蒙。恒風若。**羣言辨渭涇**後漢書蔡邕傳斟酌羣言。韙其是而矯其非。陸機文賦傾羣言之瀝液。詩涇以渭濁。湜湜其沚。傳涇渭相入而清濁異。**乾乾終始志**易君子終日乾乾。又大明終始。六位時乘。**無逸近書屏**漢孔安國尚書無逸傳成王即政。恐其逸豫。故以所戒名篇。宋史仁宗紀景祐二年。置邇英延義二閣。寫尚書無逸篇於

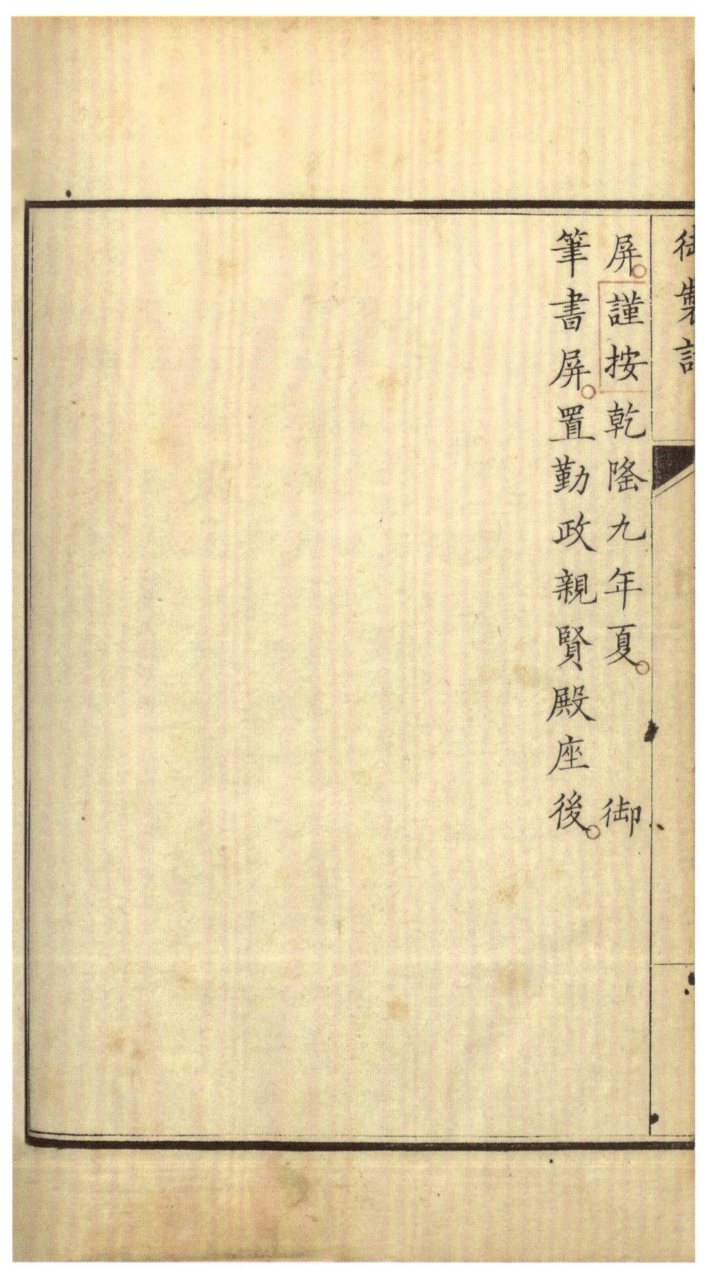

屏謹按乾隆九年夏御

筆書屏置勤政親賢殿座後

九州清晏

正大光明直北爲幾餘游息之所棼橑紛接鱗瓦參差前臨巨湖渟泓演漾周圍支汊縱横旁達諸勝仿佛潯陽九派騶衍謂裨海周環爲九州者九大瀛海環其外兹境信若造物施

設耶。

昔我

皇考宅是廣居詩昔我徃矣。禮記昔我有先正。其言明且清。詩宅是鎬京。孟子居天下之廣居旰食宵衣左圖右書何遜七召旰食思治。雖聞之於昔談。昧旦臨朝。乃見之乎茲日。王勃文功成旰食。道濟宵衣。韓愈送石處士序坐一室。左右圖書。園林遊觀以適幾餘祖詠詩南山當户牖。灃水入園林。白居易詩天供閑日月。人借好園林。王褒四子講德論匍匐乎詩書之門。游觀乎道德之域。盧琦詩幾事多餘暇。看山到遠村。

豈繫廊廟泉石是娱

者。後漢書樊準傳以經術見優林志。藂龍廊廟珍。桓譚新論被麗絃歌。取娱泉石。劉孝綽詩反景入池林。餘光映泉石。

所志維何

煌煌御書

周敦頤通書志伊尹之所志詩其釣維何維絲伊緡。屈原天問

厥利維何。而顧兔在腹。柳宗元賀嘉禾芝
草表既呈蕤蕤之祥。更覩煌煌之秀。張說
詩甘露承天酒。芝泥捧御書。

九州清晏

皇心乃舒

書九州攸同。王昌齡詩皇風被九州。魏志拓平西夏。方隅清宴。
謝靈運撰征賦穆京甸以清晏。撤
多壘而寧役。杜甫詩坦然心神舒。

肯構孰責繼序在予

肯構注見前。詩念茲戎功。繼序其皇之。唐書經籍志史類
十有三。其十二曰譜系。以紀世族繼序。韓
愈平淮西碑天既全付予有家。今傳次在

予業業兢兢奉此遺模書兢兢業業一日二日萬幾漢書董仲舒傳堯兢兢日行其道而舜業業日致其孝司馬光稷下賦踐上聖之遺模一念之間敬肆攸殊一念注見前禮記君子莊敬日強安肆日偷作狂作聖繫彼斯須書惟聖罔念作狂惟狂克念作聖禮記心中斯須不和不樂而鄙詐之心入之矣外貌斯須不莊不敬而暴慢之心入之矣謂

天可畏屋漏與俱書天畏棐忱。傳天命不常。雖甚可畏。然誠則輔之。詩相在爾室。尚不愧於屋漏。爾雅室西北隅謂之屋漏。史記待我客與俱。謂

民可畏敢欺其愚書用顧畏於民喦。又可愛匪君。可畏匪民。漢書夫民者。至愚而觤神。至柔而不可以制者也。劉克莊詩郡小留難住。民愚去使思。

六膳八珍牣乎御厨周禮天官食醫掌和王之六食六飲六膳。注馬牛羊豕雞犬也。又膳夫凡王之饋食用六穀。膳用六牲。飲用六清。羞用百二十

品珍用八物注珍謂淳熬淳母炮胞牂擣
珍漬熬肝膋也詩於牣魚躍杜甫詩御厨
絡繹送八珍白居易詩羨
服頌王府珍羞降御厨
念彼溝壑曷其
飽諸
左傳小人老而無子知擠於溝壑矣
書曷其奈何弗敬孟郊詩萬物飽為
飽萬人
懷為懷
水榭山亭天然畫圖
舊唐書裴度
傳度立第於
集賢堂築山穿池竹木叢萃有風亭水榭
島嶼廻環崔湜詩水榭宜時涉山樓向晚
看唐太宗詩山亭秋色滿張說詩山亭迴
迴面長川宋書張敷傳少履貞規長懷理

要清風素氣得之天然。李白詩萬户千門似畫圖。王十朋會稽風俗賦人在鏡中舟行畫圖。

瞻彼茅簷痌瘝切膚

詩瞻彼旱麓。皇甫冉詩茅簷初負日。書痌瘝乃身。蘇軾詩祝君如此草為民已痌瘝。易剝床以膚切近災也。

慎終如始前聖之謨

書慎厥終惟其始。又聖謨洋洋嘉言孔彰。

嗚呼小子毋渝厥初

書文王誥教小子。詩嗚呼小子告爾舊止。易成有渝。註渝變也。詩靡不有初。鮮克有終。又厥初生民。

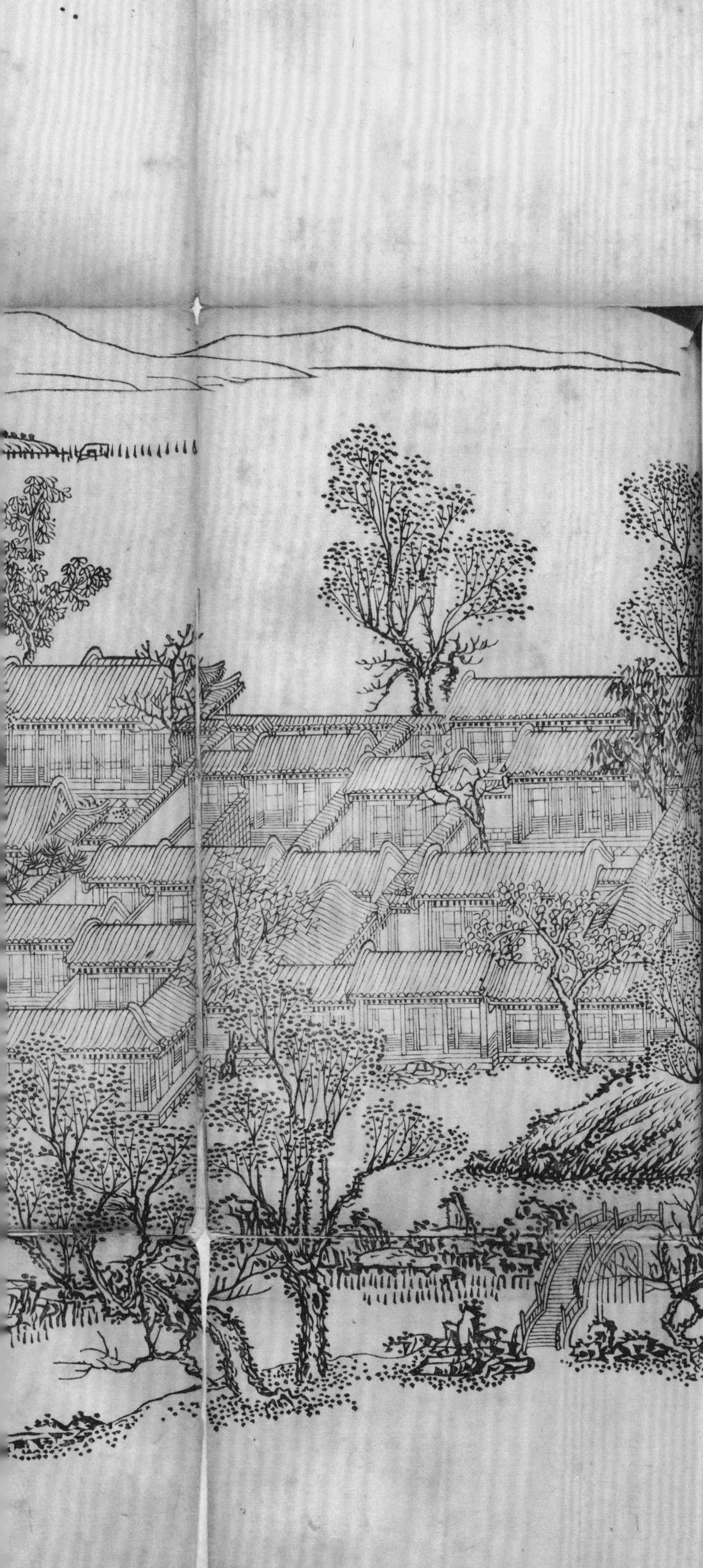

鏤月開雲

殿以香楠爲材覆二色瓦煥若金碧前植牡丹數百本後列古松青青環以雜蒔名葩當暮春婉娩首夏清和冣宜嘯詠

雲霞菴綺疏 元微之牡丹詩 籠處彩雲合 白樂天詩 千片赤英霞爛爛

李建勳晚春送牡丹詩零落雲霞色漸乾。集韻罨圂也。張泌詩罨岍春濤打船尾。後漢書梁冀傳窻牖皆綺疏青鎖。陸雲登臺賦綺疏列於東序。

檀麝散琳除

花譜牡丹大凡紅白者多香。紫者香烈而欠清。法苑珠林秣羅矩吒國出白檀樹。王融詩檀林芳所集。爾雅麝父麕足。註脚似麕有香。宋祁牡丹詩向日檀心並。白居易牡丹詩當風不結麝蘭囊。說文琳玉也。除殿陛也。班固西都賦玉除彤庭。曹植詩凝霜依玉除。

最可娛幾暇

東方朔七諫聊媮娛以忘憂。陶潛詩再彈

再詠。爰得我娛唐德宗詩時此萬幾暇。適與佳節并。惟應對雨餘。牡丹四月始盛。而京師率值望雨時。朕幸圓明園。屈指已七年。而花時宴賞者祇一次耳。花譜穀雨一候牡丹。白居易牡丹詩雨餘惟見玉容低。温庭筠詩雨後牡丹春睡濃。殿春饒富貴。吳融牡丹詩春殘獨是殿春芳。古詩傾國姿容別。多開富貴家。周茂叔愛蓮說牡丹。花之富貴者也。陸地有芙蕖淮南子身行仁義陸地之朝者三十二國蘇軾詩陸地生花安足怪亳州牡丹史繡芙蓉與玉芙蓉相類出仝氏白居易牡丹芳詩芙蓉芍藥苦尋常詩隰有荷花箋未開曰菡萏已發曰芙蕖李商隱詩霧夕咏芙蕖

名漏疑删孔

李紳畫龍記法無謝於二子而名漏不傳史記孔子世家古者詩三千餘篇及至孔子去其重取可施於禮義三百五篇按詩多識草木之名獨牡丹名未見

詞雄想賦舒

沈佺期詩公理擅詞雄杜甫詩名因賦頌雄舒元輿牡丹賦序云京國牡丹寖盛每

暮春之月。遨遊之士如狂。亦繁華一事也。近代文士。為歌詩以詠其形容。未有能賦之者。余獨賦之以極其美。

徘徊供嘯咏

古詩徘徊以徬徨。舒元輿牡丹賦徒留歌以徘徊。杜甫詩山色供詩料。范成大詩及時一笑有誰供。晉書阮孚傳正應端拱嘯咏。以樂當年。南史袁粲傳直造竹所。嘯咏自得。

俯仰驗居諸

淮南子與剛柔卷舒兮。與陰陽俯仰兮。王羲之蘭亭序俯仰之間。遂成陳迹。韓非子因參驗而審言辭。詩日居月諸。胡迭而微。高適詩身計念居諸。

猶憶垂髫

日說文髫小兒垂結也。後漢伏湛傳髫髮厲志。魏志毛玠傳垂髫執簡累勤取官。温庭筠詩嵇紹垂髫日，山濤薦仕年。承
恩此最初。予十二歲時　皇考以花
時恭請　皇祖幸是園，於此地降
旨許孫臣扈侍　左右云。杜甫詩承恩數上南薰殿。宋玉九辯不敢忘初之厚德。權德輿詩人人自說受恩初。

天然圖畫

庭前修篁萬竿與雙桐相映風枝露梢綠滿襟袖西爲高樓折而南翼以重樹遠近勝槩歷歷奔赴殆非荆關筆墨能到

我聞大塊有文章莊子大塊載我以形高適詩造化資大塊禮記

立權衡度量考文章典論文章經國之大業不朽之盛事李白宴桃李園序陽春召我以烟景大塊假我以文章**豈必天然無圖畫**後漢第五倫傳縱天肰之德體晏然之次大唐創業起居注翠石丹文天然暎徹漢書蘇武傳上思股肱之美乃圖畫其人於麒麟閣杜甫詩天陰對圖畫最覺潤龍鱗**茅茨休矣古淳風**呂氏春秋明堂茅茨蒿柱土階三等以見節儉詩休矣皇考以保明其身蕭綺拾遺錄書契之作肇迹軒轅道朴風淳文用尚質虞集詩惟應青簡

在能載古風淳於樂靈沼葩經載詩於論鼓鐘於樂辟廱又王在靈沼韓愈進學解易奇而法詩正而葩松棟連雲俯碧瀾符子堯曰余坐華殿之上森然而松生於棟立雲扉之內霏焉而雲生於牖梅堯臣詩松棟為埃輕李白詩連雲升甲宅李羣玉詩昔年高接李膺歡日泛仙舟醉碧瀾下有脩篁戛幽籟之李白詩下有衡波逆折之迴川任昉秋竹賦靜思堂連洞房臨曲沼夾修篁杜牧詩脩篁與嘉樹偏倚半岩生書戛擊鳴球韓愈詩

已呼孺人戛鳴瑟權德輿詩杉梧韻幽籟河漢明秋天雙桐蓊蔚矗煙梢魏明帝詩雙桐生枯井枝葉自相如詩蓊兮蔚兮南山朝隮洛陽名園記林木蓊蔚烟雲掩映賈島詩露莖煙梢晝不真張養浩詩風雪倒山松栢矗朝陽疑有靈禽噦詩梧桐生矣于彼朝陽爾雅山東曰朝陽禮記四靈以為畜梁簡文帝七勵異草雙條靈禽比翼孟郊詩蛬穴何迫窄蟬枝掃鳴噦優游竹素夙有年詩伴奐爾游矣優游爾休矣東觀漢記劉向校書先

書竹為易刊定可繕寫者。以上竹素。江淹賦罄古今之寶書。殫竹素之琛奇。陶潛詩詩書敦夙好。又懷此頗有年。今日從茲役。

峻宇雕牆古所戒

書五子之歌。述大禹之戒以作歌。其二曰。甘酒嗜音。峻宇雕牆。

詎無樂地資勝賞

何承天答顏永嘉書。誠著明君。澤被萬年。龍章表觀。鳴玉節趨。斯亦堯孔之樂地。司空圖詩。樂地留高趣。水經注。勝賞神鄉。秀情超拔。唐德宗詩。勝賞信多歡。戒之在無荒。

湖山矧可供清快

韓愈新修滕王閣記。令修于庭

户數日之間。而人自得於湖山千里之外。蘇軾超然臺記背湖山之觀。而行桑麻之野。蘇軾法華山詩道人未放泉出山。曲折虛堂瀉清快。巋然西峰列屏障。魯靈光殿賦序靈光巋然獨存。日下舊聞西山內接太行。外屬諸邊。磅礴數千里。林麓蒼黝。溪澗鏤錯。其中物產甚饒。古稱神皋隩區也。長安客話西山神京右臂。書傳王城之立四郊。以為京師屏幛。趙抃詩左右山林間。嶢屼立屏障。眺吟底用勞行邁。王惲華不注歌江山勝槩儘軒豁。遠客吟眺增躊躇。

詩行邁靡靡傳邁行也李白時掇芝蘭念詩水國遠行邁仙經深討論秀英詩采采芣苡薄言掇之家語芝蘭生於深林不以無人而不芳宋史樂志蔓蔓芝秀馮馮桂華宋書符瑞志芝英者王者親近耆老養有道則生漢武帝秋風詞蘭有秀兮菊有芳懷佳人兮不能忘崔日用詩光風搖動蘭英紫吾邱衍詩玉粒比靈芝采采三秀英禮記命鄉論秀士升之司徒曰選士又大道之行也與三代之英吳志張溫傳弘雅之士英秀之德或撫松筠懷耿介陶潛歸去

來辭撫孤松而盤桓。儲光羲詩特達踰珪璋。節摻方松筠。洪璐木公傳負正氣。挺高標。炎寒不二。與古烈士爭茂。簡素垂不朽名。白居易養竹記君子見其本。則思善建不拔者。見其性。則思中立不倚者。見其心。則思應用虛受者。見其節。則思砥礪名行夷險一致者。離騷彼堯舜之耿介兮。既遵道而得路。後漢書王符傳耿介不同於俗。

和風萬物與同春

乙巳占書清涼溫和。塵埃不動。曰和風。公乘億詩和風扇早春。春秋考異郵條風至。自冬至四十五日而立春。此風應其方而來生萬物也。司馬光詩清若四海秋。熙如天下春。蘇軾詩聖主如天萬物春。甘雨三農共望歲詩琴瑟擊鼓。以迓田祖。以祈甘雨。論衡道至天者。祥風起。甘雨降。雨霽而陰曀者。謂之甘雨。周禮三農生九穀。注鄭司農云。平地山澤也。康成謂原隰及平地。左傳閔閔焉如農夫之望歲。唐太宗樂章望歲祇農神所聽。延祥介福豈云虛。周阿苕篆綠蒙茸班固西都賦珊瑚碧樹。周阿而生。柳宗元新食堂記周阿峻嚴。列楹齊同。張耒詩青引嫩苕留鳥篆。綠垂殘葉帶蟲書。謝朓詩霜畦紛綺錯。秋町鬱蒙茸。王安石詩野田高下綠蒙茸。

壓架花姿紅瑣碎

李建極詩裊露早英濃壓架。迺賢詩壓架葡萄日影低。朱子詩飛花舞妍姿。韓愈聯句竹影金鎖碎。泉音玉琮琤。范成大詩燭花紅鎖碎。香霧碧徘徊。

徵歌命舞非吾事

李白詩選妓隨雕輦。徵歌出洞房。楊巨源詩賜宴文愈盛。徵歌物更妍。梁簡文帝舞賦酌蒲桃。坐柘觀。命妙舞。徵清彈。左傳范宣子日。有陳。非吾事也。

案頭書史閒披對

杜甫詩案頭乾死讀書螢。

韓偓詩。窗裏日光飛野馬。案頭筠管長蒲盧。江淹詩。揆日粲書史。相都麗聞見。韓愈詩。歸還閱書史。文字浩千萬。王羲之帖。披對邈未可期。

以永朝夕怡心神

詩。以永今朝。又。以永今夕。張九齡詩。人和年豊皇心怡。魏書釋老志。澡雪心神。王肅之詩。在昔暇日。味存林嶺。今我斯遊。神怡心靜。

忘筌是處羲皇界

莊子。筌者所以在魚。得魚而忘筌。杜甫詩。風流俱善賈。愜當久忘筌。晉書隱逸傳。陶潛嘗言。夏月虛閑。高卧北窗之下。清風颯至。自謂羲皇上人。杜甫詩。先生有道出義皇。

試問支公買山價

世說支道林因人就深公買印山。深公答曰。未聞巢由買山而隱。温庭筠詩誰言有策堪經世。自是無錢可買山。

可曾悟得須彌芥

維摩經維摩詰言。諸佛菩薩。有解脫名。不可思議。若菩薩住是解脫者。以須彌之高廣內芥子中。無所增減。須彌山王本相如故。而四大王忉利諸天。不覺不知已之所入。唯應度者。乃見須彌入芥子中。是名不可思議解脫法門。五燈會元江州刺史李渤問歸宗教中所言須彌納芥子。渤即不疑。芥

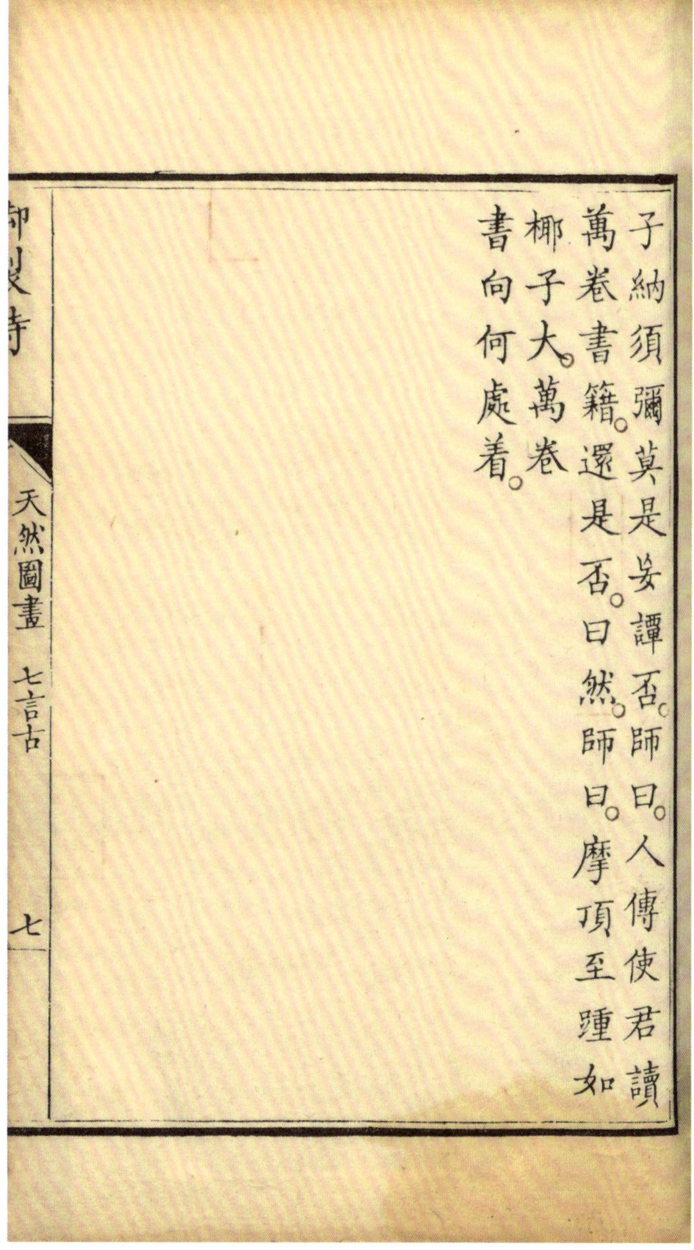

子納須彌莫是妄譚否。師曰。人傳使君讀萬卷書籍。還是否。曰然。師曰。摩頂至踵如椰子大。萬卷書向何處着。

碧桐書院

前接平橋。環以帶水。庭左右修梧數本。綠陰張蓋。如置身清涼國土。每遇雨聲蹕滴。尤足動我詩情。

月轉風迴翠影翻洪希文詩月依檐轉窺人近。宋濂詩宴罷瑶堦月初轉。司馬相如長門賦飄風迴而赴闉兮。舉帷幄之襜襜。白居易詩紅窗小舫信風迴。伏采之咏桐詩翠條踈風綠柯蔭宇。蘇轍桐軒詩午影微風轉。韓琮詩翠影西来撲檻山。蘇轍中秋夜詩影翻狂舞客。明誤已棲烏。

雨窗尤不厭清喧

孟浩然詩微雲淡河漢。踈雨滴梧桐。蘓軾詩卧聞踈響梧桐雨。李東陽詩急雨過窗醒短夢。易恒詩竹下春閒聽雨窗。蕭子良梧桐賦涵清風而散音。盧綸詩嵇康本厭喧。指月錄厭喧求靜。是外道法。

即聲即色無聲色

永明唯心訣聞爾無聲。而羣音揭地。蕩然無色。而衆象叅天。

莫問倪家獅子

園語林倪瓚性好潔庭前有六桐命童日
汲水洗之陸深題跋師子林在呉城東
北隅本元僧維則之道場最號奇勝維則
好聚奇石類狻猊故取佛語名菴或云維
則得法於中峯本本時住天目之師子巖
蓋以識授受之原也張丑清河書畫舫倪
元鎮師子林卷所畫柴門梵殿長廊高閣
叢篁嘉樹曲徑小山老僧古佛無不種種
絕倫

慈雲普護 調寄菩薩蠻

一徑界重湖間。藤花垂架。鼠姑當風。有樓三層。刻漏鐘表在焉。殿供觀音大士。其傍為道士廬。宛肰天台石橋幽致。渡橋即為上下天光。

偎紅倚綠簾櫳好

尹鶚詞 偎紅斂翠。許衡詩 花遞香風入短檽草抽新綠倚柴荆。楊憑詩海榴殷色照簾櫳。

鶯聲瀏栗南塘曉

馬融長笛賦靁叩鍛之岌峇兮。正瀏栗以風冽。注孟康曰。瀏清也。毛萇詩傳曰。栗寒也。說文曰。瀏栗。清涼貌。李商隱詩南塘漸暖蒲堪結。杜甫詩不識南塘路。今知第五橋。

高閣漏丁丁

溫庭筠詩高閣清香生靜境白居易詩丁丁漏向盡。吳融詩月落漏丁丁。

春風多少情

文心雕龍山則情滿於山。觀海則意溢於海。我才之多少。將與風雲而並驅矣。韓愈詩欲知前面花多少。直到南山不屬人。

幽人醒午夢【易】幽人貞吉。【盧綸詩】樹老野泉清。幽人好獨行。【陸游詩】微倦故教成午夢。【朱子詩】此君同一笑。午夢頓胠醒。樹底濃陰重【北史魏收傳】收折節讀書。夏日坐板牀。隨樹陰諷誦。【高適詩】濃陰夾長津。蒲上便和南【傳燈錄】龍牙禪師問臨濟。如何是祖師意。臨濟曰。與我過蒲團來。臨濟接得便打。【許渾詩】吳僧誦經罷。取衲倚蒲團。【翻譯名義】合掌作禮曰和南。摐摐聲色參【五燈會元】羅漢琛曰。即今聲色摐摐地。為當相及不相及。若相及即汝靈性金剛秘密應有壞滅去也何以如此為聲貫破汝耳色穿破汝眼因緣即塞却汝幻妄走殺汝聲色體爾不可容也若不相及又甚麼處得聲色来會麼相及不相及試裁辨看

上下天光

垂虹駕湖，蜿蜒百尺，脩欄夾翼，中為廣亭，縠紋倒影，滉瀁楣檻間，凌空俯瞰，一碧萬頃，不啻胸吞雲夢。

上下水天一色柳貫詩：上下天一影。宗楚客詩：太液天為水。盧仝詩：水天一色無津涯。水天上下相連白居易詩：水天向晚碧沉沉。班

固西都賦煙雲相連劉長卿詩洞庭秋水遠連天

河伯夙朝玉闕

晏子河伯以水為國漢武帝瓠子歌河伯許兮薪不屬韋應物詩夙駕朝玉京薛逢詩寶馬占隄朝闕去張衡天象賦闕天牀於玉闕水經注積石圃南頭山高平地三萬六千里上有金臺玉闕天帝君所治處也

渾忘望若昔年

莊子秋水時至百川灌河經流之大兩涘渚涯之間不辨牛馬於是焉河伯欣然自喜以天下之美為盡在己順流而東至於北海東面而視不見水端於是焉河伯始旋其

面目。望洋向若而歎。庾信枯樹賦昔年移柳。依依漢南。杜甫詩昔年有狂客。

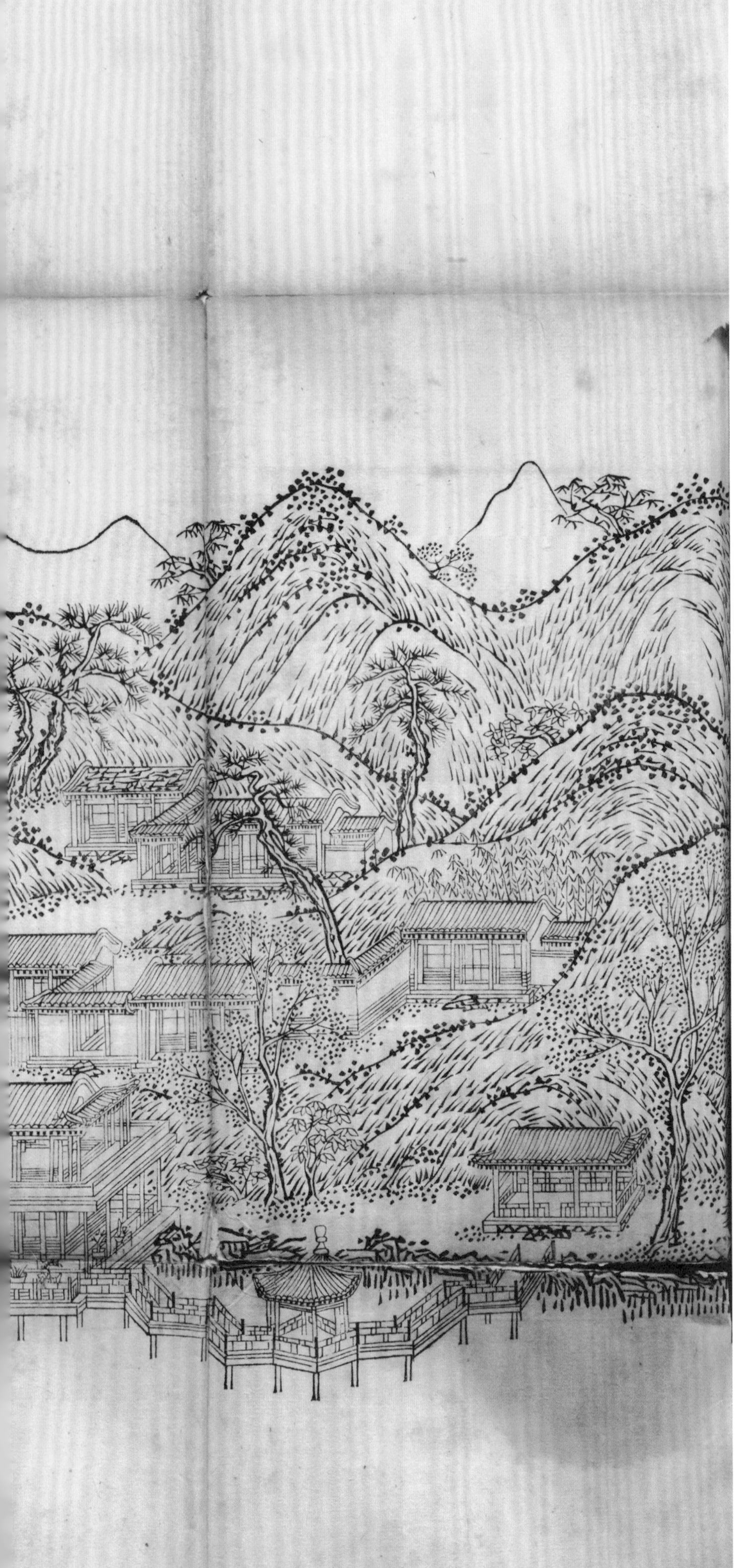

杏花春館

由山亭邐迤而入矮屋疎籬東西參錯環植文杏春深花發爛然如霞前闢小圃雜蒔蔬蓏識野田村落景象

霏香紅雪韻空庭司馬相如子虛賦郁郁霏霏衆香發越李商隱詩山城斜路杏花香温庭筠詩紅花初綻雪王禹偁詩一堆紅雪罩春煙鄭絪詩庭

開爽韻。虛司空圖詩小欄花韻午晴初。王勃詩空庭不厭花。**肯讓寒梅**

占臈鉼張謂詩一樹寒梅白玉條。施芸隱詩寒梅香斷無消息。一樹春風屬杏花。楊萬里詩臈樣銀瓶玉樣梅。

最愛花光傳藝苑庾信象戲賦水影搖日。花光照林。張詠詩數里花光浮暎日。傳亮感物賦序遊目藝苑。韓愈復志賦夕翺翔乎藝苑。

每乘月令驗農經王維詩爲乘陽氣行時令。後漢書用天因地。揆時施教。頒諸明堂以爲民極者。莫大乎月令。氾勝之書杏始華榮。輒耕輕土弱土。望杏華落。復耕之。輒藺之。此謂一耕而五穫。王融永明九年策秀才文 杏華菖葉。耕穫不愆。四民月令 三月杏花盛。可菑白沙輕土之田。石貫耤田賦 叶農經而授事。

為梁謾說仙人館

三輔黄圖 未央宮因龍首山以制前殿。至孝武以木蘭為棼橑。文杏為梁柱。司馬相如長門賦 飾文杏以為梁。述異記 杏園洲在南海中。多杏。云仙人種杏處。又天台山有杏花六出而五色。號仙人杏。

載酒偏宜小隱亭

漢書揚雄傳贊 家素貧嗜酒。有好事者載酒肴從遊學。王維詩揚子談經處淮王載酒過。王康琚詩小隱隱林藪大隱隱朝市。癸辛雜識牟端明園中有雙杏亭。宅前枕大溪曰南漪小隱。

夜半一犁春雨足

詩。蘇舜欽詩山邊夜半一犁雨。元好問詩一犁春雨変青青。陸游詩小樓一夜聽春雨。深巷明朝賣杏花。劉仲彥詩一畦春雨足。

朝来吟屐樹邊停

晉書王徽之傳徽之以手版拄頰曰西山朝來致有爽氣。杜甫詩鳴玉朝来散紫宸。南史謝靈運傳靈運尋山陟嶺必造幽峻。嘗著木屐。上山則去其前齒。下山去

其後齒。史鑑詩春
風歸騎柳邊停。

杏花春館 七言律 三

御製詩

坦坦蕩蕩

鑒池爲魚樂國。池周舍下。錦鱗數千頭。喁唼潑剌于荇風藻雨間。回環泳游。悠然自得。詩云。衆維魚矣。我知魚樂。我蔫目乎斯民。

鑒池觀魚樂 莊子孔子曰。魚相造于水者。穿池而養給。王安石詩鑒池

構吾廬碧水寒可漱。庾信詩愛靜魚爭樂。依人鳥入懷。白居易詩魚樂自躍鷗不驚

坦坦復蕩蕩易履道坦坦。幽人貞吉。書無偏無黨。王道蕩蕩。論語君子坦蕩蕩。

泳游同一適詩泳之游之。范仲淹岳陽樓記錦鱗游泳。白居易詩飛沈皆適性。

奚必江湖想莊子泉涸魚相與處于陸。相呴以濕相濡以沫。不知相忘于江湖。

却笑蒙莊癡史記莊子傳莊子者蒙人也。趙彥昭詩逍遙自有蒙莊子。白居易詩齊物學蒙莊。韓愈詩不到聖處寧非癡

爾我辨是非莊子莊子與惠子遊于濠梁之上莊子曰儵魚出游從容是魚樂也惠子曰子非魚安知魚之樂莊子曰子非我安知我不知魚之樂金剛經無人相無我相僧璨信心銘纔有是非紛然失心有問如何答莊子今者吾忘答因失吾問梁書處士傳劉歊幼有識慧十一讀莊子逍遙篇曰此可解耳客因問之隨問而答皆有情理魚樂魚自知太平御覽善知人者如鑑善自知者如蚌鏡以曜明故鑑人蚌以含珠故內照傳燈錄如人飲水冷暖自

御製詩

知

御製詩
第二冊

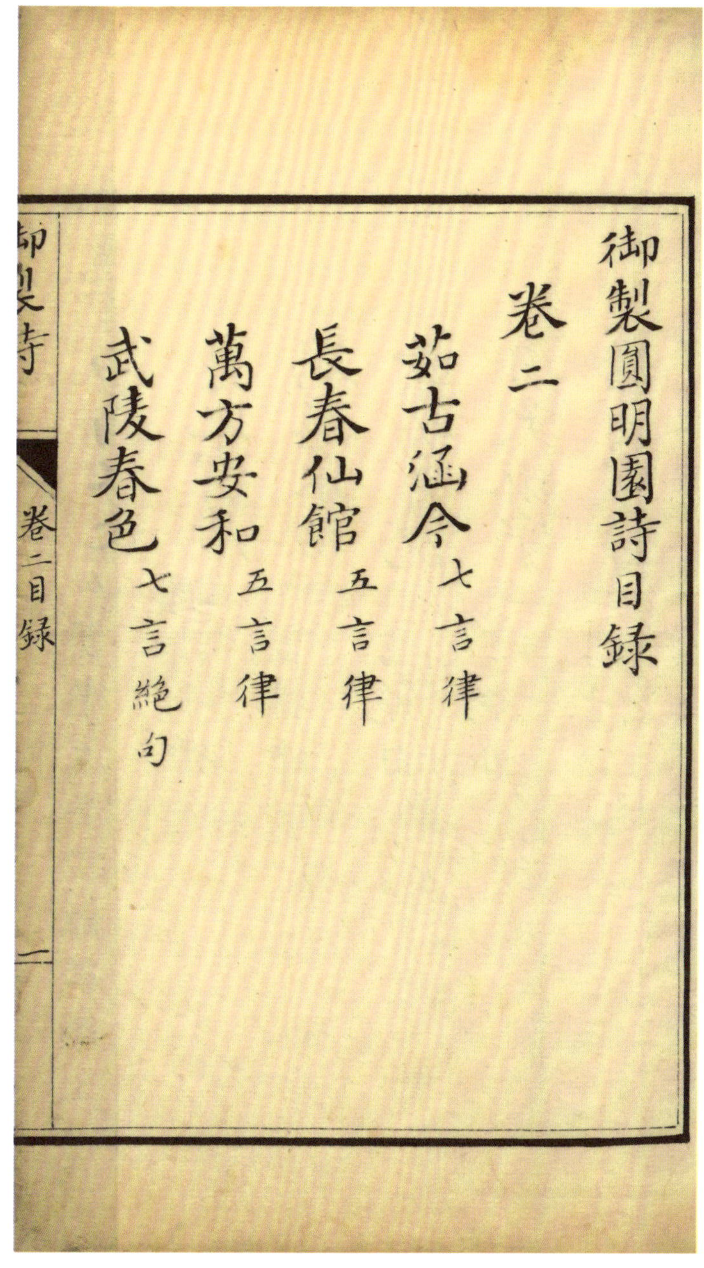

御製圓明園詩目録

卷二

茹古涵今 七言律
長春仙館 五言律
萬方安和 五言律
武陵春色 七言絶句

御製詩 卷二目録 一

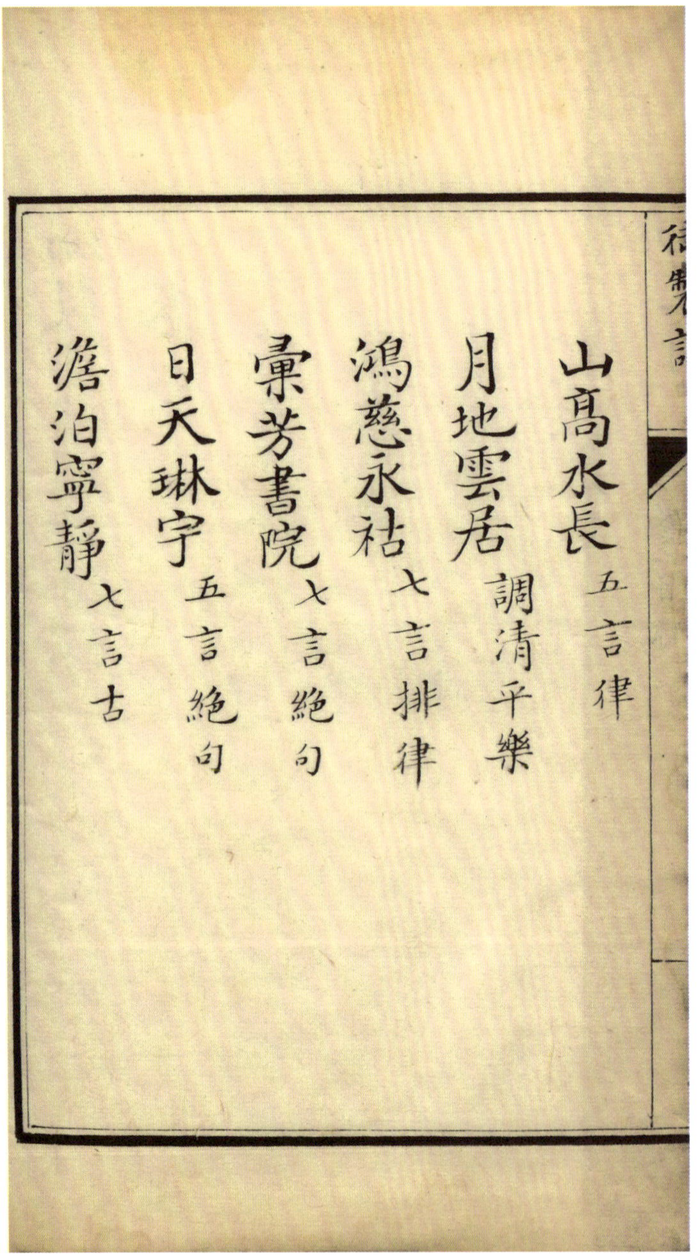

御製詩

山高水長 五言律
月地雲居 調清平樂
鴻慈永祜 七言排律
彙芳書院 七言絶句
日天琳宇 五言絶句
澹泊寧靜 七言古

茹古涵今

長春仙館之北。嘉樹叢卉。生香蓊勃。繚以曲垣。綴以周廊。邃館明窓。牙籤萬軸。漱芳潤。擷菁華。不薄今人愛古人。少陵斯言。實獲我心。

廣夏全無薄暑憑詩：夏屋渠渠。漢書王吉傳：廣夏之下。細旃之上。

注夏同厦陸游詩薄暑始知春已去僧妙嚴詩虛窗停薄暑獨坐擁餘清成公綏賦左憑廣厦右依高廊

灑然心境玉壺氷

莊子庚桑子之始來吾灑然異之七佛偈假借四大以為身心本無生因境有絕照詩直如朱絲繩清如玉壺氷杜甫詩硯寒金井水簷動玉壺氷

時溫舊學寧無說

書舊學於甘盤朱子詩舊學商量加邃密易能說諸心論語溫故而知新

欲去陳言尚未能

韓愈答李翊書惟陳言之務去戞戞乎其難哉蘇軾詩乞得湯休奇

絶句。始知盐絮是陳言。

鳥語花香生靜悟

韓愈詩：春風吹園雜花開。朝日照屋百鳥語。指月録：汝州延昭禪師偈：常憶江南三月裏。鷓鴣啼處百花香。王僧孺禮佛文：靜悟空有。同觀貞俗。

松風水月得佳朋

南史：陶弘景特愛松風。庭院皆植松。唐太宗聖教序：松風水月。未足比其清華。方行詩：水月虛空相。山雲自在身。易：西南得朋。韓愈詩：幸茲得佳朋。南史褚伯玉傳：惟朋松石。蘇軾詩：到處故應山作主。隨方還有月為朋。

令人不薄古人愛

我愛當年杜少陵杜甫詩不薄今人愛古人。清詞麗句必為鄰。竊攀屈宋宜方駕。恐與齊梁作後塵。杜工部年譜杜氏本襄陽人。後徙河南鞏縣。至公時又居京兆之杜陵。韓愈石鼓歌少陵無人謫仙死。才薄將奈石皷何。

長春仙館

循壽山口西入。屋宇深邃。重廊曲檻。逶迤相接。庭徑有梧有石。堪供小憩。予舊時。
賜居也。今略加修飾。遇佳辰令節。迎奉
皇太后爲膳寢之所。蓋以長春志祝云。

常時問寢地杜甫詩常時任顯晦。禮記文王之為世子。朝於王季日三。雞初鳴而衣服至於寢門外。問内竪之御者曰。今日安否何如。杜甫詩雞鳴問寢龍樓曉。曩歲讀書堂括異志曩歲漁者湖中獲鐵鏈。李商隱詩故山歸夢喜。先入讀書堂。戴復古詩一區楊子宅中有讀書堂。秘閣冬宜燠陸機詩升降秘閣。我服載暉。南史謝靈運傳使整秘閣書遺闕。謝靈運山居賦夏涼冬燠隨時取適。劉義恭詩温宮冬開虛亭夏亦涼張籍詩虛亭燠清殿夏含霜清氣在衆藥濕光新白居易詩弱柳緣堤種虛亭壓水開湛方生銘幽室冬暄清蔭夏涼盧照隣詩瀑水含秋氣歡心依日永孝經得萬國垂藤引夏涼之懽心書日永星火薩都剌詩顧茲樂志願春長禮記林塘幽消此間日永孝子之養親也樂其心不違其志又獨樂其志鹽鐵論上孝養志元微之詩雨餘憐石嫩歲閏覺階下松齡祝江淹書鳥赴簷上水春長西階下謝朓高松賦

御製詩　長春仙館　五言律　二

指蓂椿而等齡。

千秋奉

壽康

王維詩共歡天意同人意。萬歲千秋奉聖君。洪範九五福。一曰壽。二曰富。三曰康寧。韓愈送李愿序飲且食兮壽而康。謹按

崇慶慈宣皇太后居

壽康宮。

萬方安和

水心架構，形作卍字，略彴相通，遥望彼岸，奇花縟若綺繡，每高秋月夜，沆瀣澄空，圓靈在境，此百尺地，寧非佛胸涌出寶光耶。

作室軒而豁，書若作室家，既勤垣墉。韓愈南海神廟碑乾端坤倪軒豁呈露。王禹偁詩兹樓最軒豁。曠望西北陬。

當年志若何。是地冬燠夏爽。四序皆宜。亦

皇考所喜居也。史記司馬遷傳累世不能通其學當年不能究其禮。詩序在心為志。荀子顏淵入。子曰。回知者若何。仁者若何。萬方

歸覆冒。書誕告萬方。杜甫詩萬方頻送喜。易冒天下之道。註其道可以覆冒天下也。晉書天文志天確乎在上。有常安之形。地塊焉在下。有居靜之體。當相覆冒。

一意願安和 史記蘇秦傳并力壹意則必無強秦之患。漢書翟方進傳專心一意毋怠。易林安和无咎。宋史樂志文帝造四時舞以明天下之安和。

觸景懷承器 黃潛詩觸景幽興多。易開國承家。周禮天府守祖廟之守藏。凡國之玉鎮大寶器藏焉。易主器者莫若長子。故受之以震。王褒皇太子箴主鬯申於守器。

瞻題仰偃波 爾雅顁題也。疏顁題皆謂額也。杜甫詩三絶自御題。四方尤所仰。酉陽雜俎諸下用偃波書事物紀原鍾繇善為楷法。鶴頭偃波二書。

九年

遺澤在易悅萬物者莫悅乎澤宋書孝武帝紀詔曰猥以眇躬屬承景業闡揚遺澤無廢厥心顏氏家訓修善立名者亦猶築室樹果生則獲其利死則遺其澤

四海尚謳歌書文命敷于四海孟子謳歌者不謳歌堯之子而謳歌舜梁簡文帝頌斑白不提攜童稚有謳歌

武陵春色

循溪流而北。複谷環抱。山桃萬株。參錯林麓間。落英繽紛。浮出水面。或朝曦夕陽。光炫綺樹。酣雪烘霞。莫可名狀。

複岫迴環一水通唐太宗詩。疊松朝若夜。複岫闕疑全。蘇頌靈香閣記羣峯回環。一水縈帶。崔湜詩紆餘一水合。春深片片貼波紅小學紺珠十二月樹。三月桃。白居易桃花詩春深欲落誰憐惜。庾信詩片片紅顏落。蘇軾詩桃李飛花初片片。吳融詩潔徹旁邊月颭波。温庭筠桃花詩一枝惆悵紅。李白詩桃花流水杳然去。別有天地非人間。陶潛桃花源記晉太原中。武陵人捕魚為業。緣溪行。忘路之遠近。忽逢桃花林。夾岸數百步。中無雜樹。芳草鮮美。落英繽紛。漁人甚異之。鈔鑼溪不離繁圍桃源經桃源山在。縣南一十里。西北乃沆水。曲流而南。有障山東帶鈔鑼溪。周回三十有二里。所謂桃花源也。謝混詩惠風蕩繁圃。白雲屯曾阿。

只在輕烟淡靄中

唐太宗詩曉夕重輕烟。韓翃詩輕烟散入五侯家。陸游詩淡靄輕颸入夏初。又絶愛山横淡靄中。

山高水長

在園之西南隅地勢平衍搆重樓數楹每一臨瞰遠岫堆鬟近郊錯繡曠如也為外藩朝正錫宴陳魚龍角觝之所平時宿衛士於此較射

重構枕平川（曹植賦雲屋重構王勃北亭宴序斜枕碧潭直獻芙蓉之

御製詩

水。李商隱詩孤城北枕江。揚雄幽州牧箴蕩蕩平川。惟冀之别。杜甫詩何處覔平川。

湖山萬景全岑參詩梦去湖山闊。元微之詩湖山四面爭氣色。劉禹錫董氏武陵集序坐馳可以役萬景。張耒詩寸目羅萬景。張壽詩韓國園林景物全。

時觀君子德禮記射者。所以觀德也。中庸射有似乎君子。式命

上賓筵易重巽以申命。詩賓之初筵。左右秩秩。周禮大宗伯以賓射之禮親故舊朋友。漢書枚乘傳乘父為大國上賓。與英俊遊。温庭筠詩賓筵得佳客。湛

露今推惠詩湛湛露斯匪陽不晞左傳諸侯朝正於王王宴樂之于是賦湛露又享以訓共儉宴以示慈惠彤弓古尚賢詩彤弓弨兮受言藏之左傳諸侯敵王所愾而獻其功於是乎賜之彤弓一彤矢百旅弓矢千以覺報宴易履信思乎順又以尚賢也莊子鄉黨尚齒行事尚賢更殷三接晉易晉康侯用錫馬蕃庶晝日三接王勃文雨露恩深反有叨於三接內外一家連後漢馬皇后紀內外從化被服如一魏書韋欣宗傳撫綏內外甚得民和

禮記聖人能以天下為一家。中國為一人。

月地雲居 調寄清平樂

琳宮一區。背山臨流。松色翠密。與紅墻相映。結楞嚴壇大悲壇其中。魚鯨齊唱。風旛交動。纔過補特迦山。又入室羅筏城。永明壽所謂宴坐水月道場。大作夢中佛事也。

大千乾闥華嚴經四天下共一日月為一世界有千世界有小鐵圍山繞之名曰小千世界有小千世界有中鐵圍山繞之名曰中千世界有中千世界有大鐵圍山繞之名曰大千世界此三千大千世界之中有百億須彌山翻譯名義帝釋樂神名乾闥婆彼多幻作城郭須臾即滅此方呼為蜃樓謂是海中蜃氣所現輔行記云乾城俗云蜃氣指上無真月楞嚴經如人以手指月示人彼人因指當應看月若復觀指以月為體此人豈惟亡失月輪亦亡其指余靖詩指月猶為

幻玩雲應強名**覺海漚中頭出沒**楞嚴經覺海性澄圓圓澄覺明妙又空生大覺中如海一漚發傳燈錄向惡水中頭出頭沒**是即那羅延窟**翻譯名義那羅延此云金剛以法身常住如金剛不朽故又金剛窟在須彌山南**何分西土東天**宗鏡錄佛所説法教溢龍宮龍樹菩薩暫看有一百洛叉出在人間于西天尚百分不及一翻来東土固不足言**倩他裝點名園**羅紹威詩裝點青春更有誰李白詩我来酌清波於此樹

名園杜甫詩名園依綠水野竹上青霄借使瞿曇重現南史于陁利國傳天監元年其瞿曇修跋陀羅以四月八日夢一僧謂曰中國今有聖主十年之後佛法大興華嚴經佛身充滿於法界普現一切羣生前未肯叅伊死禪大集經無出之出是名佛出無禪之禪是名正禪無脫之脫是名正脫五燈會元凌行婆云仗死禪和如麻如粟

鴻慈永祜

苑西北地最爽塏爰建殿寢敬奉

皇祖

皇考神御以申罔極之懷堂廡崇閎中唐

有侐朔望展禮僾愾見聞周垣喬松

偃蓋欝翠干霄望之起敬起愛

原廟衣冠古昔沿史記高祖本紀十二年令郡國諸侯各立高祖廟以歲時祠及孝惠五年以沛宮為高祖原廟裴駰註原再也先既立廟今又再立故謂之原廟叔孫通傳願陛下為原廟渭北衣冠月出遊之迺詔有司立原廟馬祖常詩原廟衣冠奉月遊禮記必則古昔稱先王又五帝殊時不相沿樂

天興神御至今傳宋史禮志元豐五年就宮作十一殿悉迎在京寺觀神御入內盡合帝后奉以時王之禮十一月帝詣藥珠凝華等殿行告遷廟禮奉安神御

於十一殿明日帝詣宮朝獻先謁天興殿以次行禮又神御殿古原廟也以奉安先朝之御容漢書夏侯勝傳堯言布於天下至今見誦臣以為可傳故傳耳

有承秩秩斯為美

漢書郊祀志郊于神若有承牛弘方邱歌敬如在肅有承詩左右秩秩傳秩秩肅敬也論語先王之道斯為美

對越昭昭儼在天

詩對越在天班固典引發祥流慶對越天地詩文王在上於昭于天淮南子覺視乎昭昭之宇詩三后在天

春露秋霜興感

切。禮記霜露既降。君子履之。必有悽愴之心。春雨露既濡。君子履之。必有怵惕之心。王羲之蘭亭詩序每覽昔人興感之由。瞻雲就日致孚乾史記五帝紀就之如日。望之如雲。范仲淹明堂賦望雲而就日。歌堯而頌舜。禮記致愛則存。致慤則著。易有孚顒若。式思曩昔含飴澤向秀思舊賦追思曩昔。後漢書馬皇后紀吾但當含飴弄孫。不能復關政矣。敢缺因時獻果虔易乾乾因其時而惕。禮記祭則觀其

敬而時也漢書叔孫通傳惠帝嘗出遊離宮通曰方今櫻桃熟願陛下取獻宗廟上許之諸果獻由此興詩鄭谷詩時果曾沾賜

實實閟宮龍接宇

閟宮有侐實實枚枚王延壽魯靈光殿賦龍桷雕鏤王勃善寂寺碑翻寶宇之龍花

深深元寢鳳翔筵

莊子其息深深詩路寢孔碩後漢書祭祀志前制廟後制寢易林景星明堂麟遊鳳翔劉長卿詩日下鳳翔雙闕迥周禮司几筵掌五几五席

羹墻如見依靈囿

後漢書李固傳舜坐則見之名物

堯于墻食則覩堯于羹禮記如將見之按靈圍注見前

朔望来齋比奉先書正月上日疏月之始日謂之朔日釋名望月滿之名也月大十六日小十五日後漢書岑彭傳大長秋以朔望問太夫人起居禮記及時將祭君子乃齋又君致齋于內書奉先思孝大清會典順治十三年世祖章皇帝以太廟時享孝思未申命稽往制建立奉先殿於內朔望薦新等祀以時行禮

釦器黃金仍兩序揚雄蜀都賦雕鐫釦器百伎千工許慎說文釦以金飾器

口也宋史禮志其神御法物寶蓋鈿床請别為庫藏之史記封禪書黃金成以為飲食器則益壽梁簡文詩精金宛成器書陳寶赤刀大訓弘璧琬琰在西序太玉夷玉天球河圖在東序爾雅釋宮東西墻謂之序北史牛弘傳周人明堂以為兩序間大夏后氏七十二尺

泠簫白玉備宮懸

國語今伶簫咏歌及鹿鳴之三馬融廣成頌詠歌於泠簫晉書律歷志漢章帝時零陵文學奚景于泠道舜祠下得白玉琯李百藥笙賦挫玉簫之清管周禮小胥正樂縣之位王宮縣注宮縣四

面皆縣。如宮有墻也。萬年佑啓吾謨烈。詩天子萬年。書丕顯哉。文王謨。丕承哉。武王烈。佑啓我後人。咸以正罔缺。繼序兢兢矢勉旃繼序注見前詩。戰戰兢兢。如臨深淵。如履薄冰。漢書楊敞傳楊惲報孫會宗書曰。方當盛漢之隆。願勉旃。毋多談。杜甫詩明公各勉旃。

彙芳書院

階除閒敞，草卉叢秀，東偏學月牙形，搆小齋數椽，旁列虛亭，奇石負土爭出，穴洞谽谺，翠蔓蒙絡，可攀捫而上，問津石室，何必靈鷲峰前。

書院新開號彙芳[唐書藝文志]大明宮光順門外，東都明福門外，皆創集賢書院。學士通籍出入。玉海唐明皇置麗正書院聚文學之士。易拔茅茹以其彙。征吉。離騷固衆芳之所在。李善注衆芳。喻羣賢也。晉書應詹傳四門開闢英彦皃藻。收春華於京輦。採秋實於巖藪。

不因葉錯與華裳

王勃九成宮山池賦布葉攢花。妙同天會。繁欽柳賦交綠葉而重葩。轉紛錯以扶疎。詩裳裳者華。傳裳裳猶堂堂也。

菁莪棫樸育賢意

詩菁菁者莪。在彼中阿。又芃芃棫樸。薪之槱之。詩序菁莪樂育材也。君子能長育人材。則天下喜樂之矣。棫樸。

文王能官人也。易君子以果行育德。書所寶惟賢。

佐我休明被萬方

漢書韓信傳吾困於此。旦暮望而来佐我。左傳德之休明。雖小重也。范雲詩漢道日休明。書光被四表。

日天琳宇

紫微丹地中立一化城。截斷紅塵。覺同此山光水色。一時盡演圓音矣。修修釋子。渺渺禪棲。蹈著門庭。即此是普賢願海。

天外標化城

張衡思元賦廓蕩蕩其無涯兮。乃今窺乎天外。杜審言詩雲標金闕迴法華經有一導師方便於險道中化作一城是時疲極之衆心大歡喜前入大城生已度想生安隱想爾時導師知此人衆既得止息無復疲倦即滅化城語衆人言汝等去来室處在近聞者大城我所化作為止息耳徐陵文無色之外方為化城非想之中猶稱火宅

不許紅塵雜祖詠詩停居傍明月走馬入紅塵拾遺記崑崙之山有驅塵之風

雲臺寶網中華嚴經虛空中成大光明雲網臺時光臺中以諸佛威神力故而說頌言佛無等等如虛空十力無

量勝功德人間最勝世中上釋師子法加於彼又華嚴經師子座摩尼為臺蓮華為網乃至復以諸佛威神所持演說如来廣大境界宗鏡錄雲臺寶網盡演妙音毛孔光明皆能說法

時有鐘魚答

摭言魚晝夜未嘗合目僧舍悉懸木魚亦欲修行者晝夜忘寐以至於道也袁桷詩鐘魚落葉秋

澹泊寧靜

仿田字為房容室周遮座氛不到其外槐陰花蔓延青綴紫風水淪漣薰葭蒼瑟澹泊相遭洵矣視之既靜其聽始遠

青山本来寧靜體諸葛亮書非澹泊無以明志非寧靜無以致遠

李白詩宅近青山同謝眺蘇軾詩山向吾
曹分外青傳燈錄龐居士曰不昧本来人
請師高着眼易跳易之變化在于邇近之
處則寧静而得正北史郭祚傳山以仁静
水以**淥水如斯澹泊容**韓翃詩淥水迴通
智深宛轉橋論語逝者
如斯夫不舍晝夜司馬相如長楊賦人君
以澹泊為德張仲素鑒止水賦俯而窺似
神交之**境有會心皆可樂**世說簡文帝入
澹泊華林園顧左右
曰會心處不必在遠翳然林木便自有濠
濮間想也蘇軾超然臺記凡物皆有可觀

苟有可觀皆有可樂。**武侯妙語時相逢**蜀志諸葛亮傳詔策曰今贈丞相武鄉侯印綬謚君為忠武侯。杜甫詩武侯祠屋長鄰近。國語教之語。使明其德。而知先王之務用明德于民也。韋昭註語。治國之善語。蘇軾詩妙語嚼芳鮮。朱子詩詩筒多妙語。仍喜舊尋盟。李白詩獨往今相逢。**千秋之下對綸羽**韓愈柳州羅池廟碑千秋萬歲兮侯無我違。語林諸葛武侯與宣王在渭濱將戰。宣王戎服蒞事。使人視武侯。綸巾羽扇指揮三軍。宣王聞而歎曰。可謂名士矣。

溪煙嵐霧方重重

李白詩飲彼石下流。結蘿宿溪烟。龔璛詩空翠灑嵐霧。鄭玉詩門前嵐霧靄蒼翠。渾疑江上烟波浮。張説詩偃蓋重重拂瑞雲。方干詩馬首寒山黛色濃。一重重畫一重重。

御製詩
第三冊

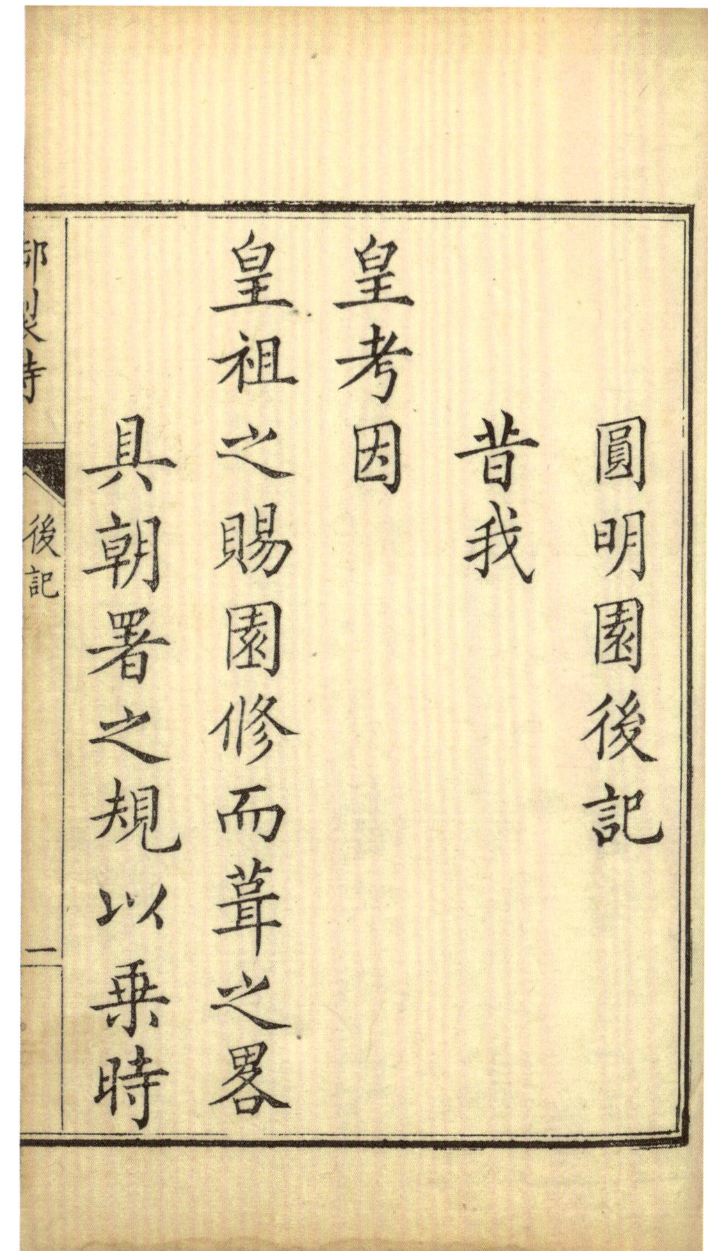

御製詩

後記　一

圓明園後記

昔我

皇考因

皇祖之賜園修而葺之暑

具朝署之規以秉時

行令布政親賢而軒
墀亭榭凸山凹池之
紛列於後者不尚其
華尚其朴不稱其富
稱其幽樂蕃植則有

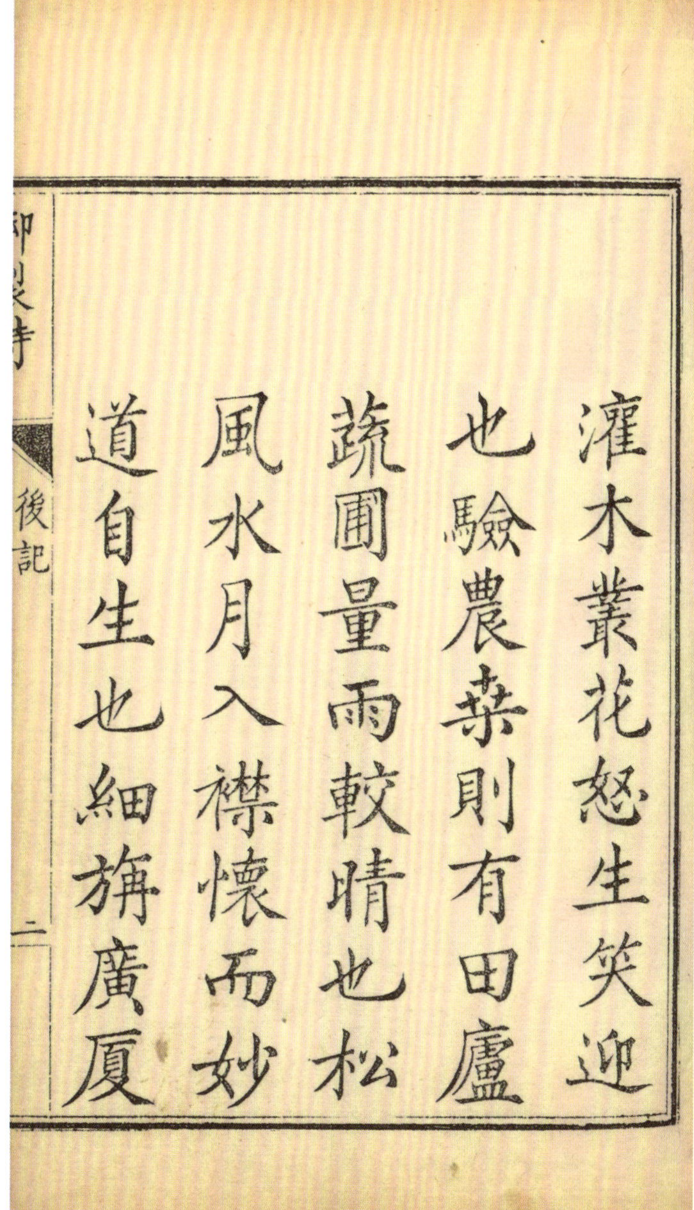

御製詩　後記　二

灌木叢花怒生笑迎也驗農桒則有田廬蔬圃量雨較晴也松風水月入襟懷而妙道自生也細旃廣厦

時接儒臣研經史以

淵情也或怡悅于斯

或歌詠於斯或惕息

于斯我

皇考之先憂後樂一

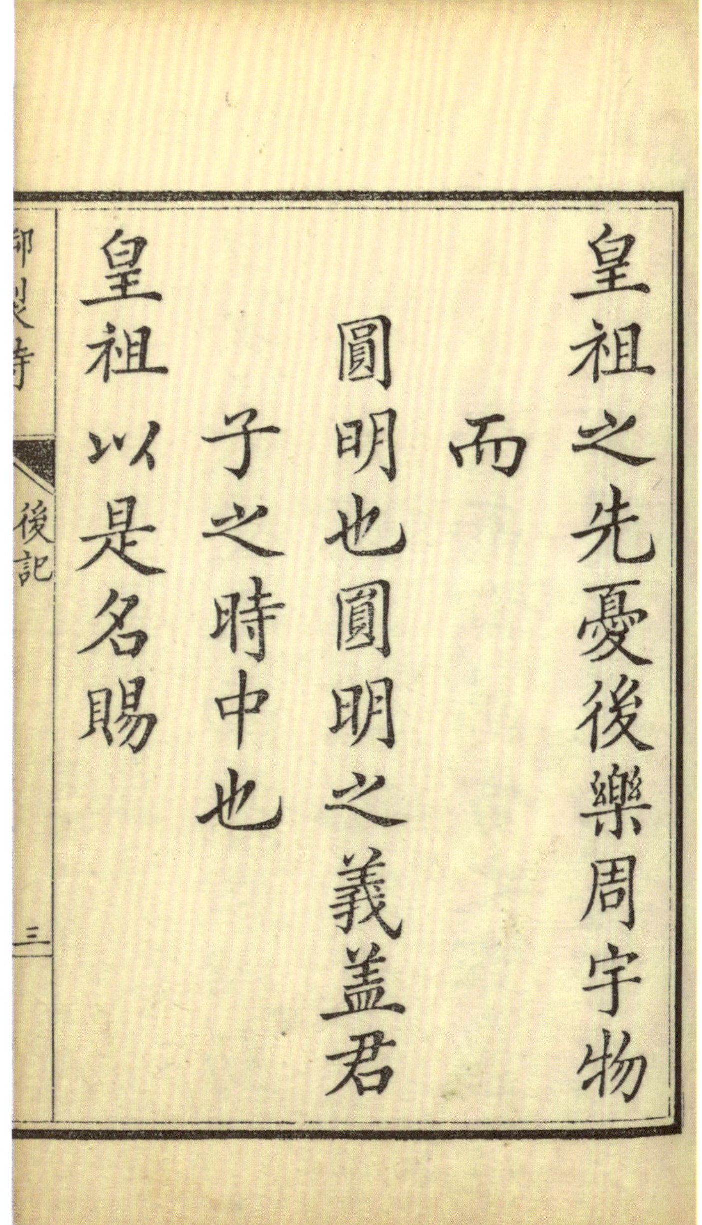

皇祖之先憂後樂周宇物
而
圓明也圓明之義蓋君
子之時中也
皇祖以是名賜

御製詩　後記　三

皇考

皇考敬受之而身心以勗

户牖以銘也不求自

安而期萬方之寧謐

不圖自逸而冀百族

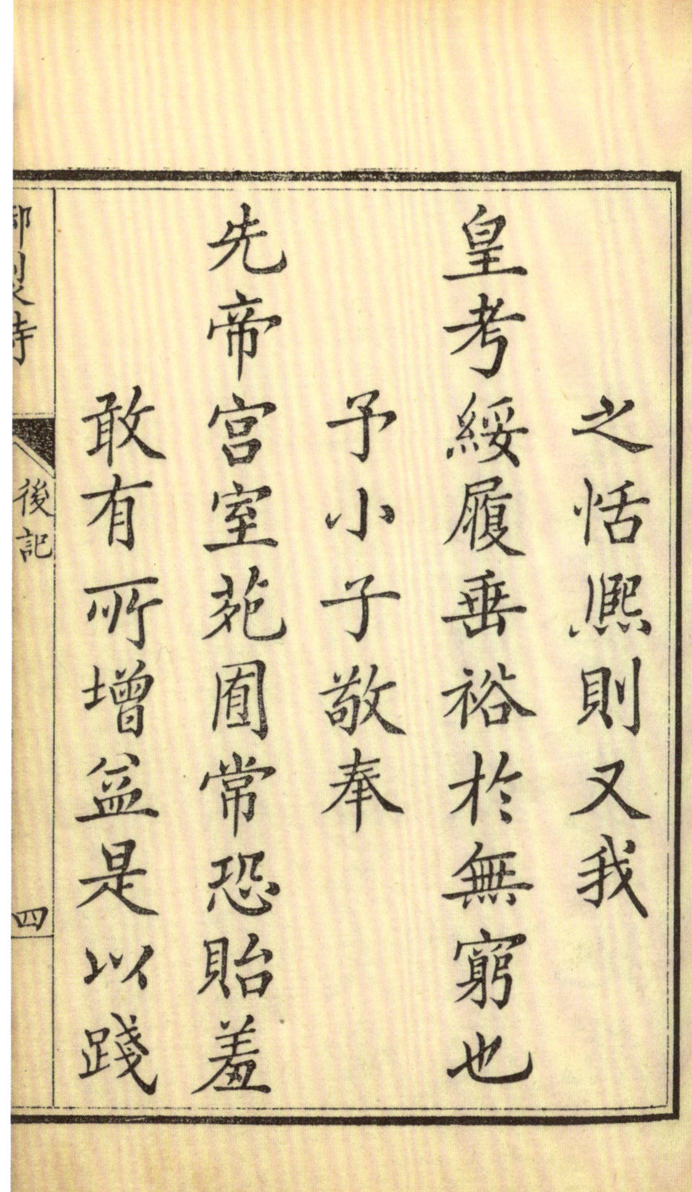

之恬熙則又我
皇考綏履垂裕於無窮也
予小子敬奉
先帝宮室苑囿常恐貽羞
敢有所增益是以踐

祚後所司以建園請
卻之既釋服爰仍
皇考之舊園而居焉夫帝
王臨朝視政之暇必
有遊觀曠覽之地然

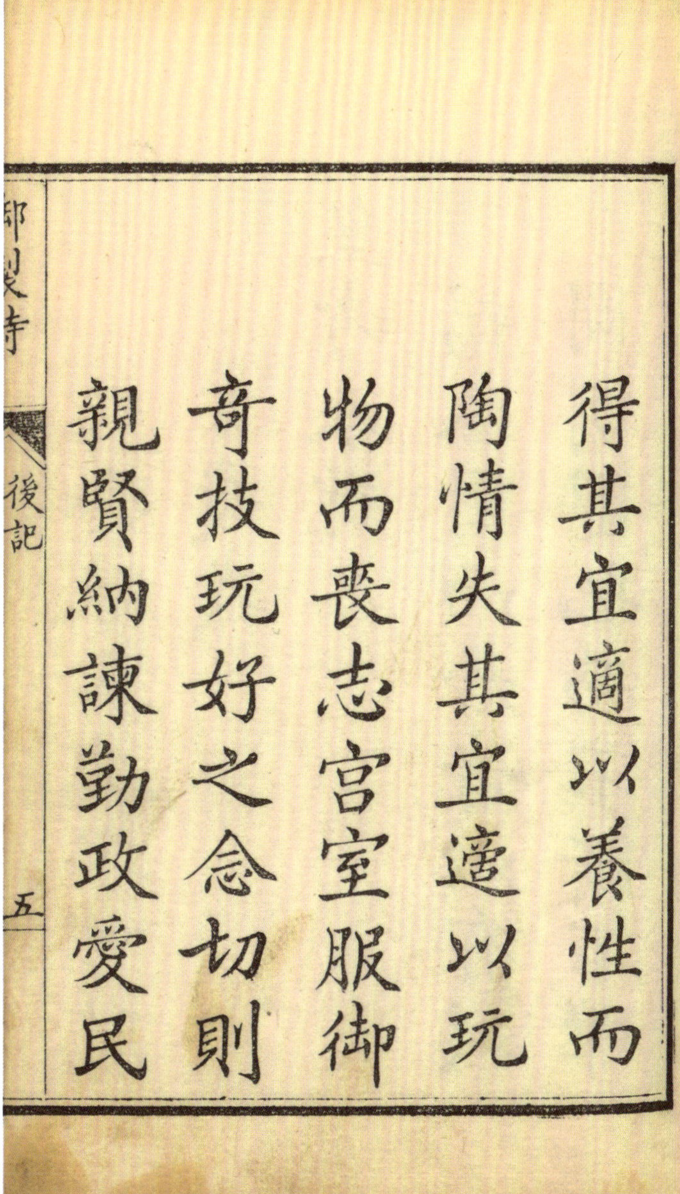

得其宜適以養性而陶情失其宜適以玩物而喪志宮室服御奇技玩好之念切則親賢納諫勤政愛民

之念踈矣其害可勝
言哉我
皇考未就
暢春園而居者以有此
圓明園也而不斷不雕

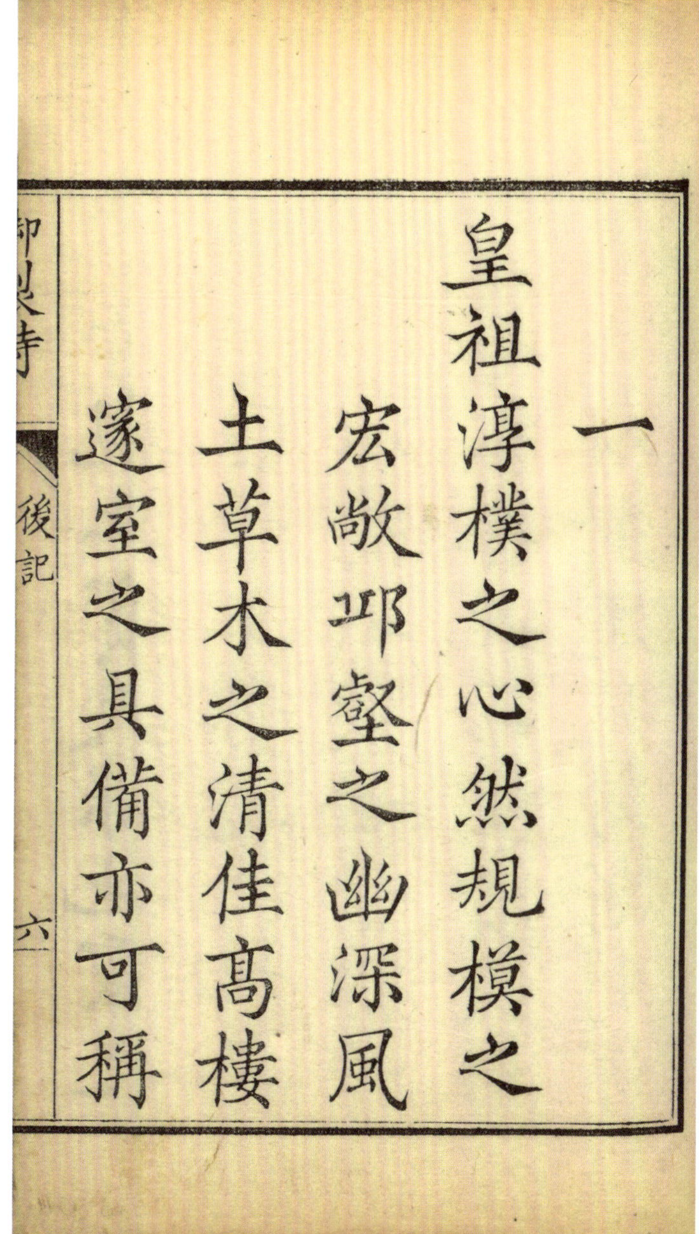

御製詩　後記　六

一
皇祖淳樸之心然規模之
宏敞邛壑之幽深風
土草木之清佳高樓
邃室之具備亦可稱

觀止實天保地靈之
區帝王豫遊之地無
以踰此後世子孫必
不舍此而重費民財
以創建苑囿斯則深

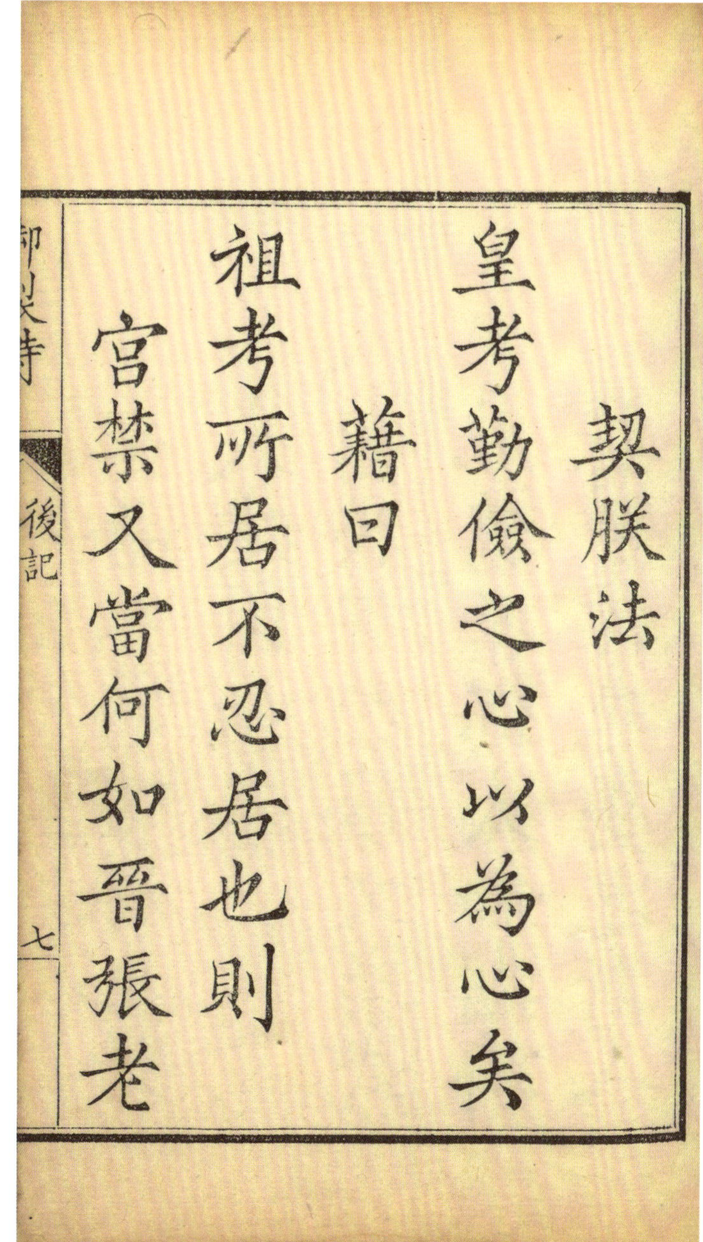

契朕法
皇考勤儉之心以爲心矣
藉曰
祖考所居不忍居也則
宫禁又當何如晉張老

之善頌甚可味也若
夫建園始末
聖人對時育物修文崇武
煦萬彙保太和期躋
斯世於春臺遊斯人

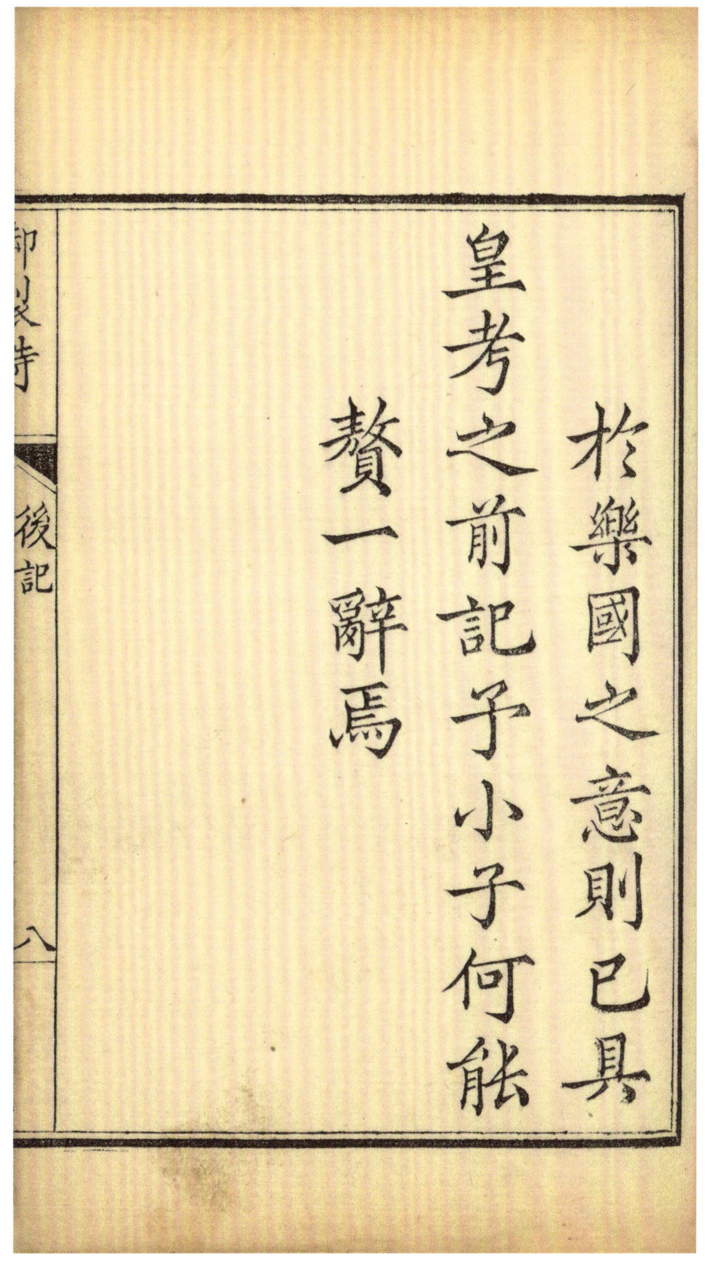

於樂國之意則已具
皇考之前記予小子何能
贅一辭焉

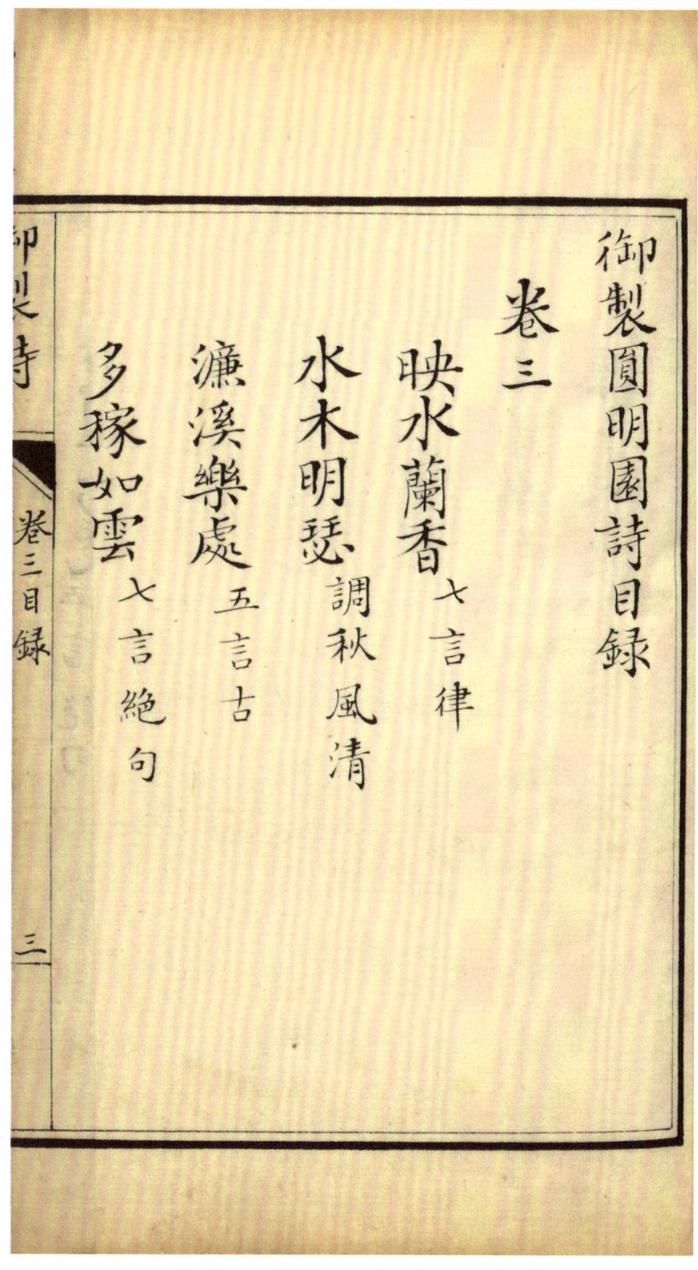

御製圓明園詩目録

卷三

映水蘭香七言律
水木明瑟調秋風清
濂溪樂處五言古
多稼如雲七言絶句

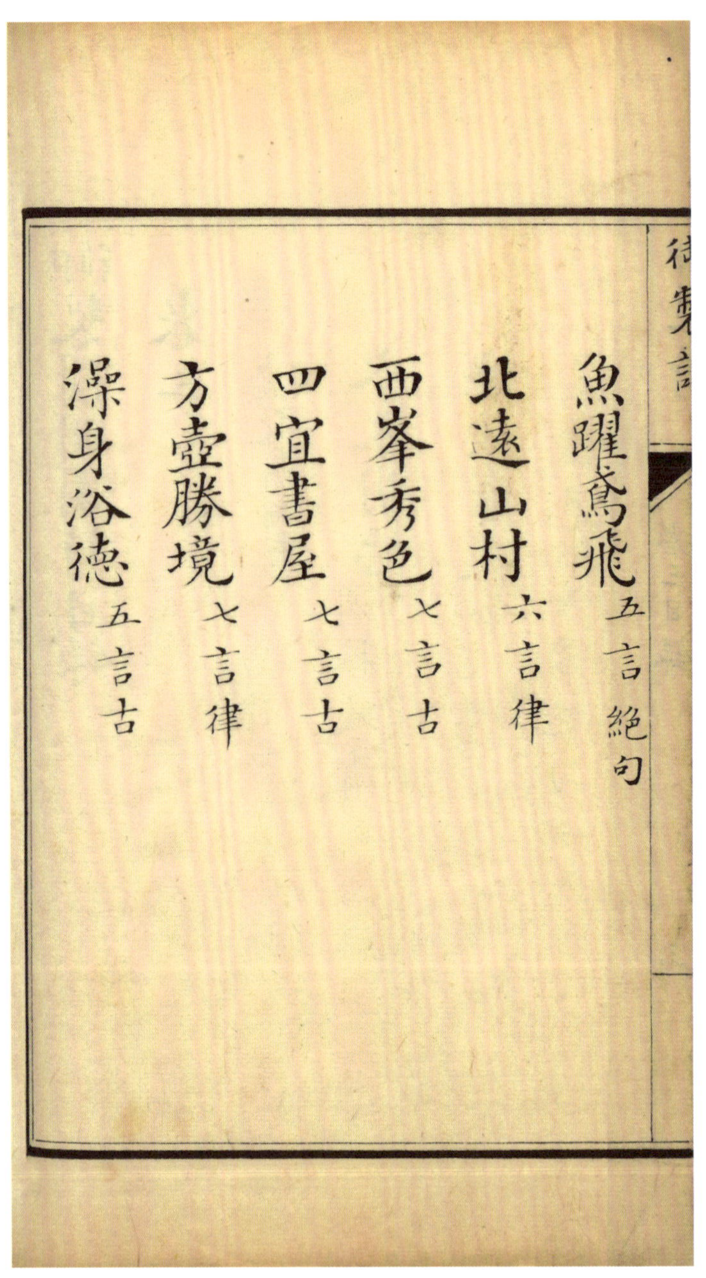

御製詩

魚躍鳶飛五言絶句
北遠山村六言律
西峯秀色七言古
四宜書屋七言古
方壺勝境七言律
澡身浴德五言古

映水蘭香

在潛泊寧靜少西屋傍松竹交陰翛然遠俗前有水田數棱縱横緑陰之外適涼風乍来稻香徐引八百鼻功德茲為第一

園居豈為事遊觀 陶潛歸去来辭園日涉以成趣詩有郝其居任

昉書君王卜居郊郭。縈帶川阜。蘇軾詩風光歸嘯傲雲物寄遊觀。

早晚農功倚檻看

左傳子產曰。政如農功。日夜思之。潘岳閑居賦巡省農功。周行廬室。姚鵠詩卷簾花影裏。倚檻鶴巢邊。

數頃黃雲黍雨潤

東方朔別傳天有黃雲來覆車。五穀大熟。王安石詩溜渠行碧玉。畦稼卧黃雲。詩芃芃黍苗。陰雨膏之。易雨以潤之。華陽國志吳資順帝時為巴郡太守。屢獲豐年。人歌之云習習晨風動。澍雨潤禾苗。

千畦綠水稻風寒

貨殖傳千畝巵茜千

畦薑韭。杜甫詩六月青稻多。千畦碧水亂

張華詩仰蔭高林茂。俯臨淥水流。杜審言

詩行舟縈綠水。陸游

詩平疇遠風粳稻香。

心田喜色良勝玉

梁簡

文帝上大法頌表澤雨無偏。心田受潤。白

居易詩性海澄渟平少浪。心田灑掃淨無

塵。家語孔子為魯司寇。攝行相事。

有喜色。禮記盛氣顛實揚休玉色。

鼻觀真香不數蘭

楞嚴經孫陀羅難陀白佛言。世

尊教我及拘絺羅觀鼻端白。我

初諦觀。經三七日。見鼻中氣出入如煙。煙

相漸消。鼻息成白。蘇軾詩不是聞思所及。

且令鼻觀先叅。又幻色雖非實。真香亦竟空。左傳以蘭有國香。人服媚之如是。李山甫詩庭花競豔妬蘭香。

日在豳風圖畫裏

薩都剌詩排雲便欲叫閶闔。為我獻上豳風圖。

敢忘周頌命田官

詩周頌駿發爾私終三十里。疏竟三十里者。王者之立田官。每三十里。分為一部。令一主田之吏主之。

水木明瑟　調寄秋風清

用泰西水法引入室中。以轉風扇。泠泠瑟瑟。非絲非竹。天籟遥聞。林光逾生淨綠。酈道元云。竹柏之懷。與神心妙達。智仁之性。共山水効深。兹境有焉。

林瑟瑟詩施于中林說文平土有叢木曰林。魏武帝詩樹木何蕭瑟簡文帝詩耳聞風瑟瑟。**水泠泠**湘中記衡山有懸泉滴瀝巖間。泠泠如弦陸機文賦音泠泠以盈耳。杜甫詩春郭水泠泠。**溪風羣籟動**杜甫詩溪風為颯然。崔涯詩領得溪風不放廻。莊子女聞人籟而未聞地籟。女聞地籟而未聞天籟夫。傅綷明道論清風在林。羣籟畢響。駱賓王上兗州崔長史啟方今玉管纏秋。金風動籟。**山鳥一聲鳴**嵇康詩魚龍瀺灂。山鳥羣飛。劉勰新論漢順帝聽山鳥之音。云勝絲竹之響。韓愈送孟東野序以鳥鳴春。柳詧詩春鳥一囀有千聲。王籍詩鳥鳴山更幽。**斯時斯景誰圖得**白璞詞消遣此時此夜景。蘇軾詩真態生香誰畫得。**非色非空吟不成**大般若經色不離空空不離色。色即是空。空即是色。盧延遜詩吟安五箇字。撚斷數莖鬚。李白春夜宴桃李園序不有佳作何伸雅懷。如詩不成罰依金谷酒數。

御製詩

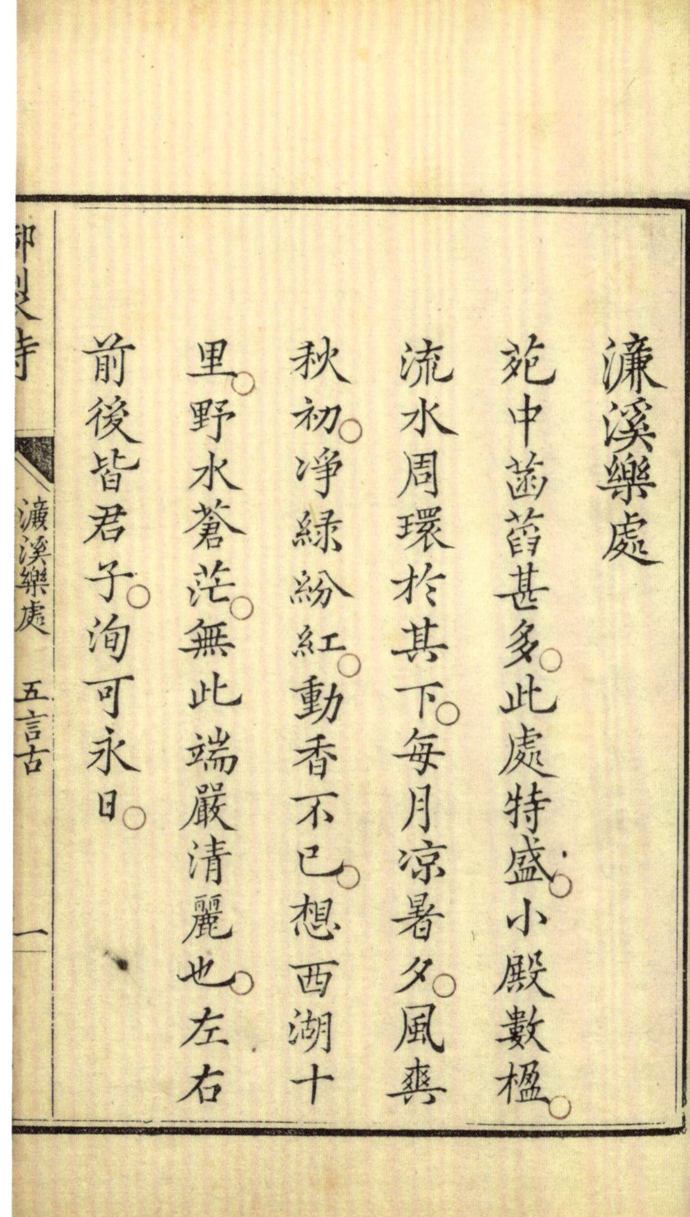

御製詩　濂溪樂處　五言古　一

濂溪樂處

苑中菡萏甚多。此處特盛。小殿數楹。流水周環於其下。每月涼暑夕。風爽秋初。淨綠紛紅。動香不已。想西湖十里。野水蒼茫。無此端嚴清麗也。左右前後皆君子。洵可永日。

水軒俯澄泓李居何詩春晴凭水軒。劉克莊詩先倩清風掃水軒。韋莊詩滿塘秋水碧澄泓。**天光涵數頃**李白詩明湖映天光，徹底見秋色。范仲淹岳陽樓記上下天光，一碧萬頃。管子水之性，環則中，中則涵。皮日休詩數頃跳鯆鮃。**爛熳六月春**白居易詩兩三叢爛熳，十二葉參差。蘇軾詩繞郭荷花三十頃，誰知六月下塘春。**搖曳玻瓈影**李肱詩霞衣競搖曳。陸游詩會稽山下樵風徑，翠屏倒影青玻璃。**香風湖面來**常倫詩櫂發千

花動風傳一水香韓維詩湖面波
清渾見底陸游詩荷空湖面濶炎夏方
秋冷陳子昂詩鬱蒸炎夏晚棟宇閟清陰
獨孤受清箪賦獲五入之珍箪當三
伏之炎夏張憲秋日詩塘蒲澤新雨時披
秋意冷可掬李義府詩日色夏猶冷
濂溪書宋史道學傳周敦頤家廬
山蓮華峯下自號濂溪樂處惟
自省宋史道學傳周敦頤每令二程尋孔
顏樂處所樂何事潘岳秋興賦悟歲
時之遒盡兮慨君子斯我師周敦頤愛蓮
俛首而自省說蓮花之君

子者也。嵇康絶交書老子莊子。我之師也。白居易詩竹解心虛即我師。何須求玉井韓愈詩太華峯頭玉井蓮。開花十丈藕如船。

多稼如雲

坡有桃沿有蓮月地花天虹梁雲棟巍若仙居矣隔垣一方鱗塍參差野風習習襏襫簑笠往来又田家風味也益古有弄田用知稼穡之候云

稼穡艱難尚克知書先知稼穡之艱難乃逸疏種之曰稼斂之曰

穡書我其克灼知厥若**黍高稻下入疇諮**說文黍禾屬以大暑而種故謂之黍詩豐年多黍多稌集傳稌稻也黍宜高燥而寒稌宜下濕而暑周禮稻人掌稼下地疏以下田種稻故云稼下地書疇咨若時登庸**弄田常有**

倉箱慶漢書昭帝紀始元元年春二月己亥上耕於鉤盾弄田詩乃求千斯倉乃求萬斯箱權德輿賀雨表箴笠就緒倉箱可期詩黍稷稻粱農夫之慶**四**

海如茲念在茲爾雅九夷八狄七戎六蠻謂之四海陶潛詩人道每

如兹念兹在兹

魚躍鳶飛

棖桷翼翼户牖四達曲水周遭儼如縈帶兩岸村舍鱗次晨烟暮靄蓊鬱平林眼前物色活潑潑地

心無塵常惺

圓覺經此虛妄心若無六塵則不能有四大分解無塵可得於中緣塵各歸散滅傳燈錄菩提本非樹明鏡亦非臺本來無一物何處惹塵埃

上蔡語録謝氏良佐曰敬是常惺惺法

境愜賞為美

江淹耕椆頌雲鑿共賞謝朓詩賞心於此遇李華詩心愜賞未足謝靈運詩情用賞為美鮑照詩兹辰自為美

川泳與雲飛

大戴禮魚遊於水鳥飛於雲韓愈徐泗濠三川節度掌書記廳石記志同而氣合魚川泳而鳥雲飛也

物物含至理

沈約佛記序物物稟生豈伊積塵能計朱子語類凡眼前無非是物物物皆有理列子含萬物故不窮又均天下之至理張蠙詩至理本無名

北遠山村

循苑墻度北闕。村落鱗次。竹籬茅舍。巷陌交通。平疇遠風。有牧篴漁歌。與春杵應答。讀王儲田家詩。時遇此境。

矮屋幾楹漁舍

楊萬里詩矮屋炎天不可居。袁桷詩矮屋參差倚。詩有覺其極。宋史杜衍傳衍既退居南都第宅卑陋。才數十楹。柳宗元詩漁舍茨荒草。

韋莊詩因尋野渡逢漁舍。**疎籬一帶農家**杜甫詩疎籬帶晚花。釋名。籬。離也。以柴竹作之。疏離離也。元微之詩門臨溪一帶。漢書藝文志農家者流。蓋出農稷之官。陸游詩歸來每羨農家樂。**獨速畦邊秧馬**孟郊詩獨速舞短簑。急就篇田區謂之畦。杜甫詩淹留為稻畦。蘇軾秧馬歌序余昔遊武昌見農夫皆騎秧馬。腹如小舟。昂其首尾。背如覆瓦。以便兩髀雀躍於泥中。繫束藁其首。以縛秧日行千畦。陸游詩日驅秧馬聽繅車。**更番岸上水車**舊唐書儒學傳序詔以杜如晦等十八人為學士。分為三番更直。宿於閣下。詩淇則有岸。爾雅釋地注厓峻而水深曰岸。宋史河渠志地高則用水車汲引。灌溉甚便。按范仲淹有水車賦。蘇軾有水車詩。

牧童牛背村篴

鄭震詩牧童歸去橫牛背。短笛無腔信口吹。宣和畫譜朱義以畫牛名。作斜陽芳草短笛孤吹村落荒閒之景。而無市朝奔逐之趣。鶴林玉露牛背笛聲。兩兩來歸。而月印前溪矣。

饁婦釵粱野花

詩以其婦子。饁彼南畝。韓偓詩餉婦寥翹布領。寒庾信鏡賦拭釵粱

於粉絮韓偓詩釵梁攏鬢新江總詩
野花不識采方干詩野花多異色輞川
圖昔曾見唐書王維傳維別墅在輞川地
奇勝與裴迪遊其中賦詩相酬
為樂唐名畫錄王維畫輞川圖山谷
鬱盤雲水飛動意出塵外怪生筆端摩詰
信不我遐唐書文藝傳王維字摩詰九歲
知屬辭工草隸善畫終尚書右
丞詩不
我遐棄

西峯秀色

軒楹洞達面臨翠巘西山爽氣在我襟袖後宇為含韻齋周植玉蘭十餘本方春花氣襲人宛入衆香國裏

塏地高軒架木為宋書律志序關洛高塏地少川原梁簡文帝詩茲地信塏爽西京雜記文帝立思賢苑以招賓客苑中有堂皇六所客館皆廣廡高

軒。屏風幃褥甚麗。唐太宗詩高軒暧春色。南史高昌國傳架木為屋。**朱明颯爽如秋時**爾雅夏為朱明。李質艮嶽賦何連漪之颯爽。莊子淒然似秋。徐璜詩雨過夜如秋。**不雕不斵太古意**楊雄羽獵賦木功不雕。韓非子堯之王天下也。茅茨不剪。采椽不斵。漢書朱邑傳明主遊心太古。劉長卿詩漁樵識太古。蘇軾詩幽居有古意。**詎惟其麗惟其宜**書不惟其官惟其人。史記高祖本紀蕭丞相營作未央宮。太祖見宮闕壯。甚怒。蕭何曰。天子以四海

為家非壯麗無以重威易知臨大君之宜禮記凡衆之動得其宜

西窓正

李頻詩小齋長憶落西窓明一統志西山在順天府西三十里

對西山啓

舊記太行山第八陘在燕強形鉅勢爭奇擁翠雲從星共于皇都之右顧瑛詩高閣對西山王勃詩疊樹層檻相對起

遥接嶤峰等尺咫

杜光庭青城山記衆山連接峯巒秀異裴璀詩洲渚遥将雲漢接庾肩吾詩霧裏識嶤峰周伯琦詩地角已如天尺咫

霜辰紅葉詩思杜

梁元帝纂要秋日白

藏時曰淒辰曰霜辰呂温詩迎霜紅葉早杜牧詩停車坐愛楓林晚霜葉紅于二月花。

雨夕綠螺畫看米

李俊民詩雨夕風朝樂事妨孔武仲詩蘸綠相重水上山韓琦詩拂黛遙岑濯萬螺宋史本傳米芾字元章吳人畫山水人物自名一家子友仁字元暉亦善書畫世號小米郭鈺詩平生最愛米家畫

亦有童童盤蓋松

蜀志先生舍有桑樹遙望童童如小車蓋杜甫詩浦上童童一青蓋姚合詩盤盤松上蓋下覆青石壇玉策記千載松樹枝葉四邊披起上杪

不長望而視之有如偃盖**重基特立誰與同**嵇康琴賦涉蘭圃登重基王延壽靈光殿賦屹然特立劉禹錫偃松詩序後閣前有小松不特立而偃周存詩不為繁霜改那將衆木同**三冬百卉凋零盡**史記東方朔傳三冬文史足用詩百卉具腓徐幹中論布葉秋也凋零冬也白居易詩曉來紅萼凋零盡**依然蒼翠惟此翁**韋嗣立詩谿嶂各依然李紳寒松賦彼衆盡于元黃斯獨茂于蒼翠陸贄詩陰陰清禁裏蒼翠滿春松蘇軾詩歲晚人誰念此

翁。麻九疇詩明堂幾時搆喚起蒼髯翁。

山腰蘭若雲遮半

孟浩然詩山腰度石闕。杜甫詩蘭若山高處煙霞障幾重。鄭谷詩雲遮列宿離華省。皮日休詩巖邊候吏雲遮却。宋之問詩鳳刹侵雲半。

一聲清磬風吹斷

顧況詩家在雙峰蘭若邊。一聲清磬發孤煙。岑參詩夜來聞清磬。包何詩風吹曉漏經長樂。曹唐詩水風暗入古山葉。吹斷步虛清磬音。

疑有苾蒭單上衆

劉馮事始尊勝經號僧曰苾蒭。名義古師云苾蒭西天草名。有五德。故以名僧。

劉克莊詩僧借虛堂竟挂單永嘉覺禪師證道歌尋師訪道為叅禪蘇軾詩願為弟子長叅禪

不如詩客窗中玩

周賀詩詩客徃来頻姜夔詩城南詩客今岑寂謝脁詩窗中列遠岫

結搆既久蒼苔老

謝脁詩結搆何迫遽孟郊詩結搆橫煙霞潘岳庭前安石榴賦壁衣蒼苔杜甫詩石田茅屋荒蒼苔

花棚藥時相縈抱

宋書徐湛之傳果竹繁茂花藥成行乾淳歲時記四月八日諸寺院以小盆貯銅像浸以糖水覆以花棚漢書郊祀志祠上帝西畤

注顏師古曰：如種韭畦之形，於畦中各立一土封。閻隨侯西岳望幸賦：千巖萬壑相縈抱。

憑欄送目無不佳

陳旅詩：小樓應有憑欄者。張九齡詩：晴光送遠目。陶潛詩：山氣日夕佳。

趺榻怡神良復好

廣韻：趺坐，大坐也。白居易詩：中宵入定跏趺坐。元微之詩：望山移坐榻。隋書徐則傳：悅性冲元，怡神虛白。孫逖詩：地勝林亭好。

春朝秋夜值幾餘

沈約與約法師書：春朝聽鳥，秋夜臨風。王仲言慈寧殿賦：萬幾餘暇。南史陸琰傳：文帝聽覽餘暇，頗留心。

史籍把卷時還讀我書蘇轍詩把卷靜中看蔡珪詩青燈把卷逢真味陶潛詩且還讀我書齋外水田凡數頃晉書陶侃傳侃在州無事朝運百甓于齋外暮運于齋內又食貨志東南以水田為業許渾詩三頃水田秋更熟較晴量雨諮農夫鶴林玉露出步溪邊邂逅園翁溪友問桑麻說粳稻較晴量雨探節數時詩來諮來茹又農夫克敏清詞麗句箇中得杜甫詩清詞麗句必為鄰蘇軾詩平生自是個中人歐陽修詩無窮

興味閒中得消幾丁丁玉壺刻劉禹錫詩宮漏夜丁丁舊唐書官品志漏刻之法孔壺為漏浮箭為刻李蘭刻漏法以玉壺玉管流珠馬上奔馳行漏流珠水銀別名李商隱詩玉壺傳點咽銅龍但憶趨庭十載前論語鯉趨而過庭杜甫詩東郡趨庭日韓愈詩尊酒相逢十載前徊徨無語予心惻是地軒爽明敞戶對西山

皇考最愛居此楊雄甘泉賦徒徊徊以徨徨兮魂渺渺而昏亂

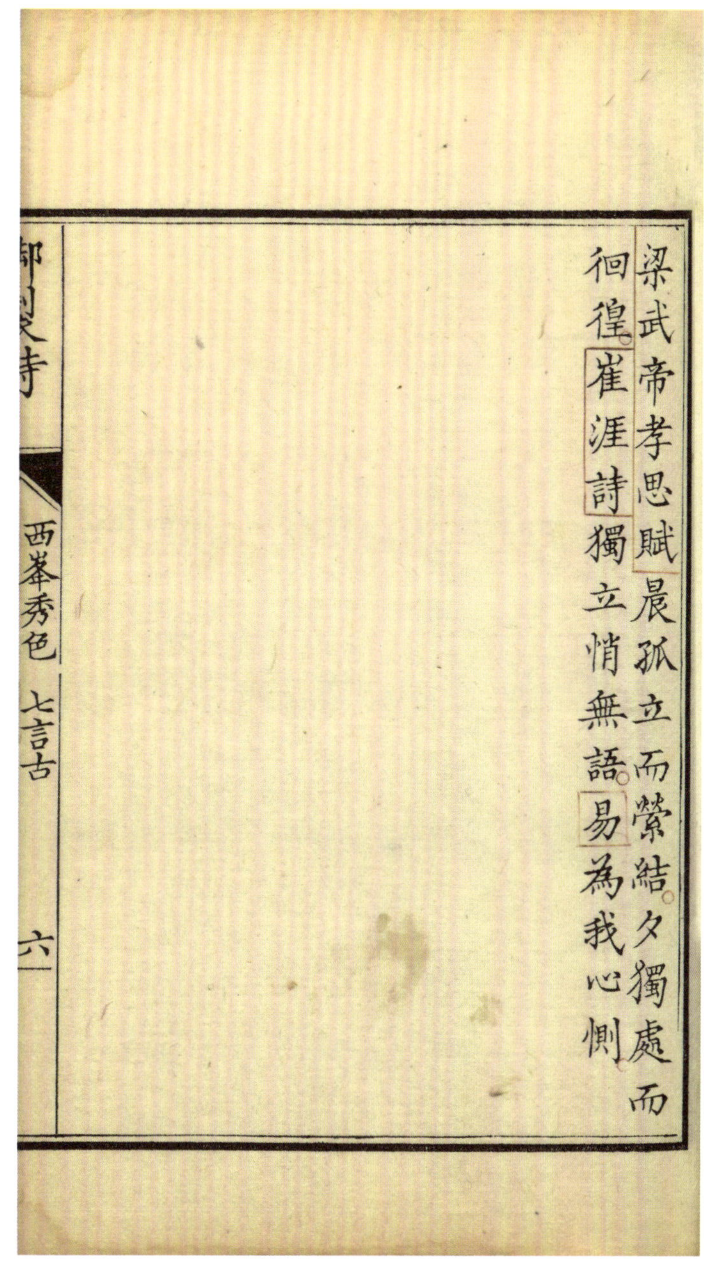

梁武帝孝思賦晨孤立而縈結。夕獨處而徊徨。崔涯詩獨立悄無語。易為我心惻

四宜書屋

春宜花夏宜風秋宜月冬宜雪居處之適也冬有突夏夏室寒些騷人所豔允矣兹室君子攸寕

秀木千章綠陰鎖水經注魯陽關左右連山插漢秀木千雲陸機詩回芳薄秀木杜甫詩千章夏木清姚孝錫詩雲生古木千章秀白居易詩低松愛

綠陰閉閣遠嶠青蓮朶楊雄羽獵賦蹕天蹻嬉閒閒呂向注上去聲下平聲林滋陽冰賦浪息遥川烟收遠嶠梁元帝長沙寺碑却望五津距青蓮之洞李洞詩蓮峯朶下幾窺碁三百六日過隙駒書三百有六旬有六日莊子人生天地之間如白駒之過隙忽然而已朱子詩務學脩身要及時競辰須念隙駒馳棄日一篇無不可司馬相如上林賦朕以聽覽餘閒無事棄日漢書陸賈傳賈凡著十二篇每奏一篇高帝未嘗不稱善稱其書曰新

語。賈誼鵩鳥賦物無不可。杜甫詩倏忽東西無不可。**墨林義府足優游**張說詩西園翰墨林。唐書藝文志翰墨林十卷。劉孝綽安成王碑義府文場。禮記忠信之美。優游之法。**不羨長楊與馺娑**三輔黃圖長楊宮本秦舊宮。至漢修飾之以備行幸。宮中有垂楊數畝。因為宮名。楊雄羽獵賦神明馺娑漸臺太液。孟康注馺娑殿名也。張衡西京賦馺娑駘盪燾奡桔桀。薛綜注馺娑臺名。**風花雪月各殊宜**蘇軾詩風花悞入長春苑。雪月長臨不夜城。劉

勰新論隨時成務各有宜也

四時瀟灑松竹我禮記其在人也如竹箭之有筠也如松柏之有心也故貫四時而不改柯易葉王安石詩松竹四時瀟洒心梁元帝與劉智藏書山間芳杜自有松竹之娛蘇軾詞與誰同坐明月清風我

方壺勝境

海上三神山，舟到風輒引去，徒妄語耳。要知金銀爲宫闕，亦何異人寰。即境即仙，自在我室，何事遠求？此方壺所爲寓名也。東爲蘂珠宫，西則三潭印月，淨淥空明，又闢一勝境矣。

飛觀圖雲鏡水涵

唐書諸公主傳崇臺飛觀相連屬。王延壽魯靈光殿賦陽臺外望。高樓飛觀。梁元帝詩梁邊圖畫雲。庾肩吾詩連閣翻如畫。圖雲更似真。王建詩鏡水波濤濾得清。李白詩皎鏡涵空天。

拏空松栢與天參

宋玉九辨枝煩拏而交橫。李賀詩古檜拏雲臂。韓愈詩仰見突兀撐青空。抱朴子天陵之松。大谷倒生之栢。凡此諸木。皆與天齊其長。地等其久也。杜甫詩孔明廟前有古柏。黛色參天二千尺。孔平仲詩覆簷喬木與天參。

高岡翽羽鳴

應六詩陟彼高岡。又鳳凰于飛。翽翽其羽。外紀黃帝命伶倫制十二箭以象鳳凰之鳴。而別十二律。其雄鳴為六。雌亦六。以比黃鐘之宮生六律六呂。**曲渚寒蟾印有三**爾雅小洲曰渚。林琨駕幸温泉宮賦鑒天心於曲渚。劉孝綽詩洛橋分曲渚。李賀詩老兎寒蟾泣天色。鄭谷詩莫恨清光盡。寒蟾即照空。范成大詩空明晚逾清。更要孤月印。宗鏡錄宗門有三印。謂印空印水印泥。方輿勝覽杭州西湖十景有三潭印月。**魯匠營心非美事**孟子公輸子之巧。趙岐註公輸子魯班魯之巧人也墨子公輸子削竹木以為鵲成而飛之三日不下又公輸為楚造雲梯之械以攻宋北史王孝緒傳待越人之舟械求魯匠之雲梯越絶書伐呉九術五曰遺之巧匠使起宮室高臺盡其財疲其力洛陽名園記富鄭公自還政事燕息此園亭臺花木皆出其目營心匠隋書儒林傳嘉言美事咸誦於心

齊人搤擘只虛談

史記始皇本紀二十八年齊人徐市等上書言海中有三神山名曰蓬萊方丈瀛洲仙人居之請得齋戒與童男女求之於是遣徐

市入海求仙人。又封禪書欒大數月佩六印海上燕齊之間莫不搤捥而自言有禁方能神仙矣。漢書游俠傳搤擥而游談者以四豪為稱首。晉書謝安傳虛談廢務浮文妨要。

爭如茅土仙人宅

墨子堯堂高三尺土階三等。茆茨不翦。曹唐小遊仙詩玉詔新除沈侍郎。便分茅土鎮東方。孫綽天台賦仙靈之所窟宅。于鵠詩忽然風景異。乃到神仙宅。

十二金堂比不虧

史記封禪書方士有言黃帝時為五城十二樓以候神人於執期。命曰迎年。東方朔十洲記其

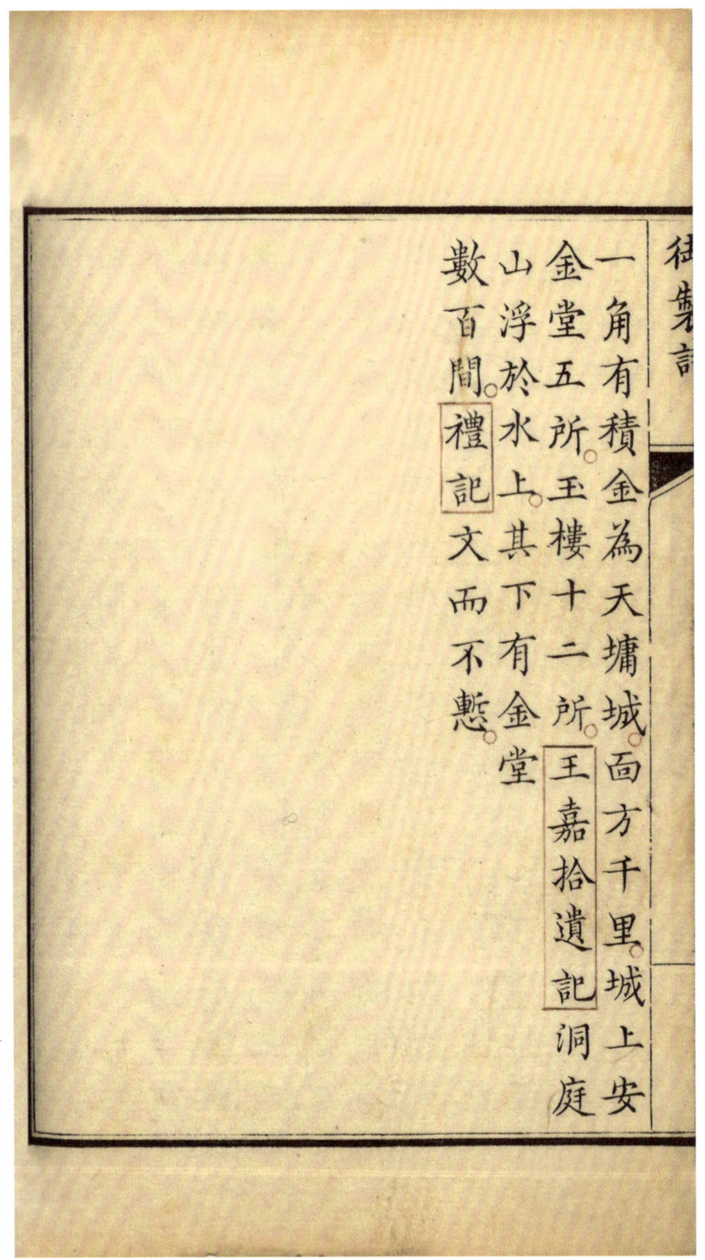

御製詩

一角有積金為天墉城面方千里城上安金堂五所玉樓十二所王嘉拾遺記洞庭山浮於水上其下有金堂數百間禮記文而不慙

澡身浴德

福海東壖平漪鏡淨黛蓄亭竹嶼蘆汀極望瀰瀰浴凫飛鷺游泳翔集王司州云非惟使人情開滌亦覺日月清朗

苓香含石髓詩山有榛隰有苓嵇康詩肅肅苓風分生江湄章孝標詩

漱齒茯苓香晉書嵇康傳康遇王烈共入山烈嘗得石髓如飴即自服半餘半與康皆凝而為石庾信詩石髓香如飯秋水長天色時至百川灌河梁元帝臨秋賦水含天而難別王勃宴滕王閣序秋水共長天一色不竭亦不盈莊子夫大壑之為物也注焉而不滿酌焉而不竭洛陽伽藍記穀水注之不竭陽渠泄之不盈易水流而不盈是惟君子德禮記逆其辭則實以君子之德大戴禮君子苟有德焉亦不求盈於人也我來俯空明

孫綽望海賦俯遊目於淵庭東坡志林庭中如積水空明藻荇交橫蓋竹柏影也符載長沙東池記平澄無邊天空鏡明一來窺臨百骸以清

鏡已默相識

墨子鏡於水見面之容靈寶定觀經若水鏡之爲鑑則隨物而現形杜甫詩佳士欣相識

魚躍與鳶飛

詩鳶飛戾天魚躍于淵朱子集鳶飛魚躍無非道體之所在

如如安樂國

楞伽經如如不動傳燈錄智隍問以何爲禪定元策曰妙湛圓寂體用如如國語民生安樂誰知其他柳宗元彌陀和尚碑初法照

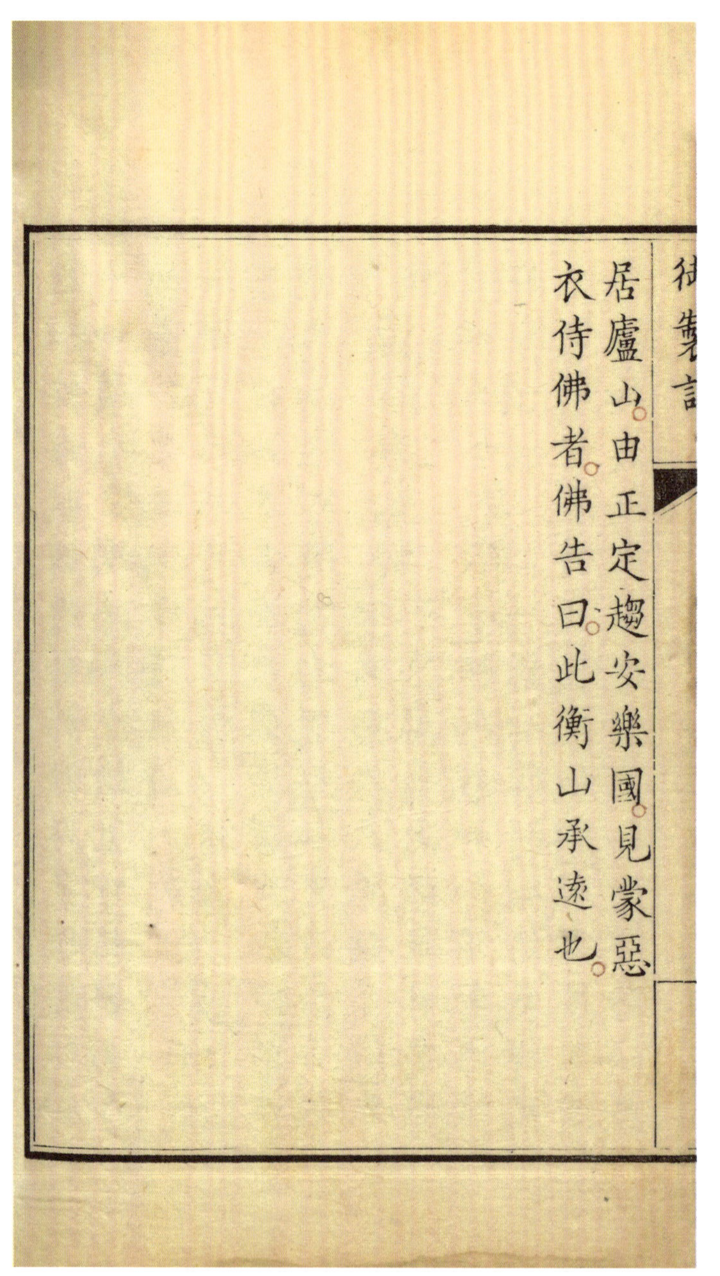

御製詩

居廬山。由正定。趨安樂國。見蒙惡衣侍佛者。佛告曰。此衡山承遠也。

御製詩
第四册

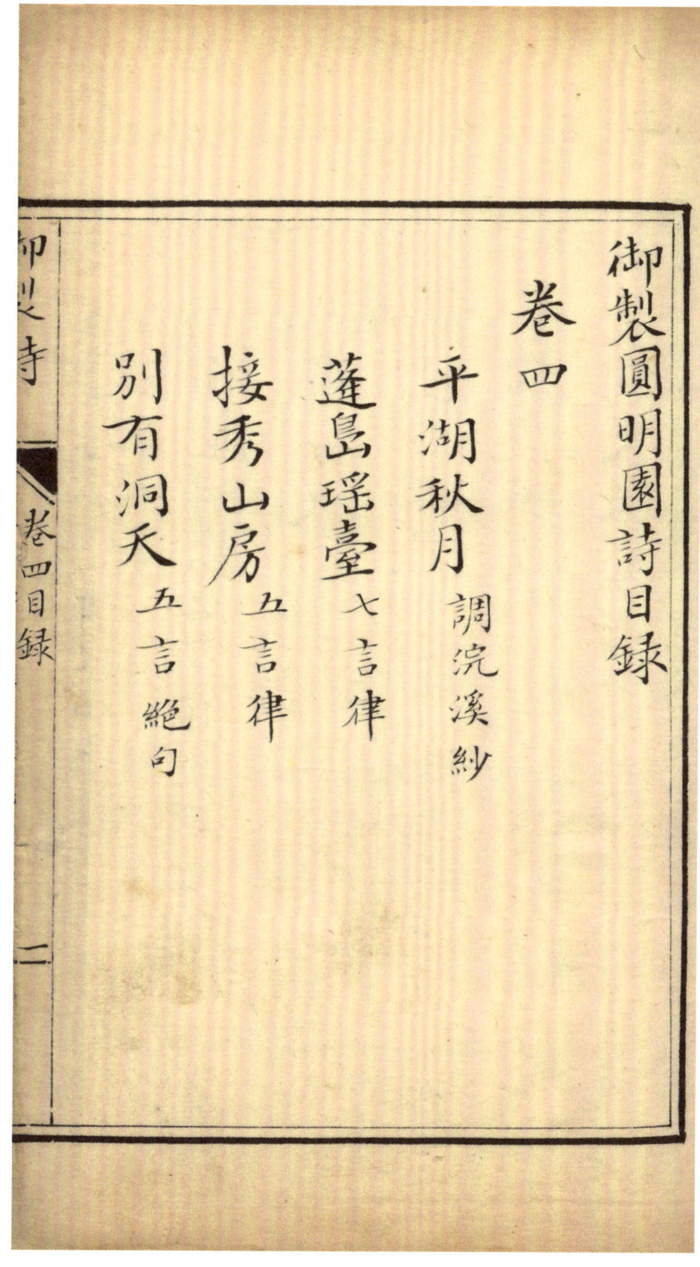

御製圓明園詩目録

卷四

平湖秋月 調浣溪紗
蓬島瑤臺 七言律
接秀山房 五言律
别有洞天 五言絶句

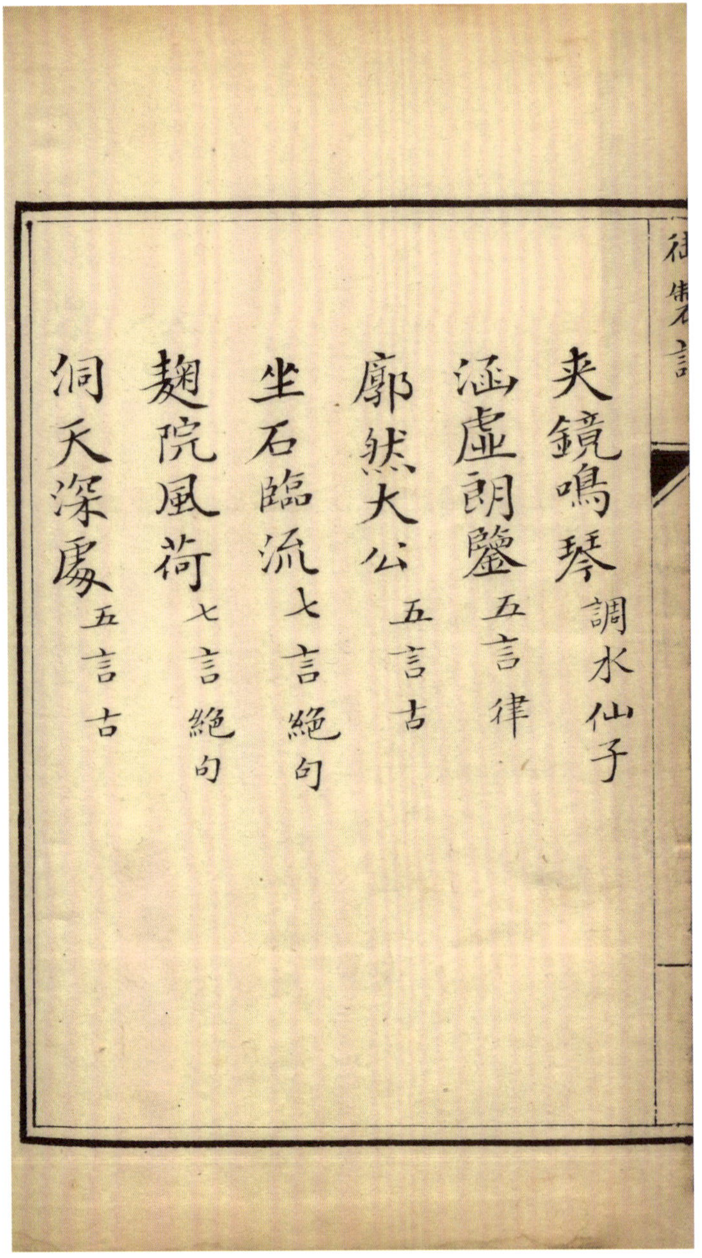

御製詩

夾鏡鳴琴 調水仙子

涵虛朗鑒 五言律

廓然大公 五言古

坐石臨流 七言絕句

麴院風荷 七言絕句

洞天深處 五言古

平湖秋月 調寄浣溪沙

倚山面湖竹樹蒙密左右支板橋以通步屧湖可數十頃當秋深月皎瀲瀲波光接天無際蘇公隄畔差足方茲勝槩

不辨天光與水光 米芾詩漫漫不辨水天形 張衡東京賦登天光

於扶桑。蘇軾詩水光瀲灩晴方好。

結璘池館慶霄涼

黃庭經高奔日月吾上道。鬱儀結璘善相保。上清紫文鬱儀奔日之仙。結璘奔月之仙。謝朓遊後園賦清陰起兮池館涼。岑參詩愛君池館幽。權德輿答楊湖南書黃鐘大玉。慶霄天籟。温庭筠詩自有才華作慶霄。

蓼煙荷露正蒼茫

孫覿詩衡烟蓼嶼深。楊萬里詩荷花露滴波中月。許有壬詩荷露清涵芳酒氣。杜甫詩獨立蒼茫自詠詩。

白傅蘇公風雅客

唐書白居易傳居易為杭州刺史築

堤捍湖漑田千頃開成初改太子少傳王安石詩白傳林塘傳畫去宋史河渠志蘇軾既開湖積草爲堤橫跨南北兩山夾道植柳林希榜曰蘇公之堤杜甫詩風雅譪孤騫一杯相勸舞霓裳張説詩願上南山壽一杯逸史羅公遠天寶初侍元宗八月十五夜玩月曰陛下能從臣月中游乎乃取一枝桂向空擲之化爲橋請上同登約行十餘里見大城闕公遠曰此月宫也有仙女數百素練寛衣舞于廣庭曰此霓裳羽衣曲也李商隱詩衆仙同日詠霓裳此時誰不道

錢塘

錢塘記大海在縣東一里。符郡儀曹華信家議立此塘以防海水。始開。募有能致一斛土者。即與錢一千。旬日之間。來者雲集。塘未成而不復取。于是載土石者皆棄而去。塘以之成。故名錢塘焉。盧肇海潮賦錢塘洶然以特起。

蓬島瑶臺

福海中作大小三島。仿李思訓畫意爲仙山樓閣之狀，岧岧亭亭。望之若金堂五所、玉樓十二也。真妄一如，小大一如。能知此是三壺方丈，便可半升鐺内煮江山。

名葩綽約草葳蕤梁棟詩名葩擄中央。莊子綽約若處子。楊基詩肌膚綽約清如玉。左思蜀都賦敷蕊葳蕤。王粲詩昊天降豐澤百卉挺葳蕤。隱睽仙家白玉墀錢起詩樓臺隱睽接天台。王勃詩麟洲富仙家。李商隱詩壺中別有仙家日。鮑照詩璇闈玉墀上椒閣。韋應物詩立在白玉墀。天上畫圖懸日月古詩天上何所有歷歷種白榆。蘇頲詩俯窺京室畫圖中。李白詩萬户千門似畫圖。易懸象著明莫大乎日月。李白詩雙懸日月照乾坤。水

中樓閣浸琉璃

屈原九歌築室兮水中爾雅釋宮疏臺榭樓閣之異皆自於宮故以釋宮總之也元微之詩波心湧樓閣梁簡文帝詩雲開瑪瑙葉水淨琉璃波黃庚詩牙倒影浸琉璃

鷺拳淨沿波翻雪

雍陶詩一足獨拳寒雨裏劉兼詩蓮披淨沿羣香散鷺點寒煙玉片斜元微之詩遙看逆浪波翻雪

燕賀新巢棟有芝

淮南子大厦成而燕雀相賀杜甫詩頻来語燕定新巢唐會要肅宗上元二年延英殿御座梁上生玉芝一莖三花親製玉靈

芝詩

海外方蓬原宇内李商隱詩海外徒聞更九州列子渤海之東有大壑焉其中有山一曰岱輿二曰員嶠三曰方壺四曰瀛洲五曰蓬萊五山高下周旋三萬里仙聖之所往来班固西都賦濫瀛洲與方壺蓬萊起乎中央漢書吾邱壽王傳宇内日化方外鄉風班固典引渙揚宇内祖龍鞭石竟奚為三齊略記秦始皇作石橋欲渡海看日出處時有神人能驅石下海石去不速神輒鞭之皆流血至今悉赤杜甫詩驅石何時到海東

接秀山房

平岡縈迴碧沚停蓄虛館閒閒境獨夷曠隔岸數峰逞秀朝嵐霏青返照添紫氣象萬千真目不給賞情不周玩也

烟霞供潤浥唐太宗詩煙霞交隱暎皮日休詩衣任烟霞裛王巽詩衣

裳潤浥露華清。**朝暮看遙輿**劉長卿詩東流自朝暮。千載空雲山。陸游詩濕雲朝暮雨。陰壑古今風。漢書郊祀志遙輿輕舉。登遐倒影。覽觀縣圃。浮游蓬萊。**戶接西山秀**沈約善館寺碑庭流松響。戶接雲根。孟浩然詩西山多奇狀。秀出倚前楹。葉顒詩孤雲屢出奇。羣峰競呈秀。**窓臨北渚澄**皇甫曾詩窓臨絕澗聞流水。屈原九歌夕弭節兮北渚。陸游詩霜落水初澄。**琴書吾所好**魏志崔琰傳年二十九。從鄭元就學。歸以琴書自娛。陶潛歸去来辭樂琴書以消憂。論語從吾所好。**松竹古之朋**陳子昂詩松竹生虛白。陸游詩結友松筠醉草亭。張澤民詩狐高惟有竹為朋。**彷彿雲林衲**屈原九章存彷彿而不見兮心踴躍其若湯。杜甫詩彷彿識昭邱。王維詩雲林隱法堂。戴叔倫詩挂衲雲林淨。**攜筇共我登**范成大詩低花妨帽小攜筇。陳與義詩共登小閣春風裏。

御製詩

别有洞天

苑墻東出水關曰秀清村長薄踈林映帶莊墅自有塵外致正不必傾岑峻𥗾阻絕恒蹊罕得津逮也

几席絕塵囂杜牧詩几席延堯舜虞集詩竹間開几席韓愈詩顧瞻想巖谷興歎倦塵囂駱賓王詩暫屏塵囂累

草木清且淑易天地變化草

木蓄。張九齡詩輝光徧草木。趙孟頫詩惠氣散清淑。

即此凌霞標

孫綽天台山賦赤城霞起而建標。紇俞干三神山賦霞標建其南服。錢起詩峩嵋玉壘指霞標。

何須三十六

茅君内傳大天之内。有地之洞天三十六所。乃真仙所居。李白尋桃花源序石洞来入。晨光晝開。有良田名池。竹果森列。三十六洞別為一天耶。章碣詩別有洞天三十六。水晶臺殿冷層層。

夾鏡鳴琴 調寄水仙子

取李青蓮兩水夾明鏡詩意架虹橋一道上構傑閣俯瞰澄泓畫欄倒影旁厓懸瀑水衝激石罅琤琮自鳴猶識成連遺響

垂絲風裏木蘭船李白詩垂絲百尺挂雕楹雍陶詩煙柳風絲拂

岈斜。來鵠詩：落花風裏數聲笛。述異記：魯班刻木蘭為舟，在七里洲中。詩家所云木蘭船本此。李商隱詩：幾度木蘭船上望，不知元是此花身。**拍拍飛凫破渚煙**，蘇軾詩：春風在流水，凫雁先拍拍。倪瓚詩：九霄晨露浥飛凫。林逋詩：鷺鳥忽衝溪靄破。范成大詩：日脚烘晴已破煙。劉禹錫詩：渚煙蕙蘭動。**臨淵無意漁人羨**，漢書董仲舒傳：臨淵羨魚，不如退而結網。列子：無意則心同。杜甫詩：漁人網集澄潭下。**空明水與天**。蘇軾赤壁賦：擊空明兮泝流光。

米芾淨名齋記水天鑑湛而博望弭楫蘇軾詩小舟搖動水中天琴心莫說當年黃庭內景經是為黃庭曰內篇琴心三疊舞胎仙李咸用水仙操琴心不喜亦不驚南史張緒傳武帝植柳靈和殿前常曰此柳風流可愛似張緒當年移情遠不在絃付與成連樂府古題要解伯牙學鼓琴於成連先生三年而成至於精神寂寞志向專一尚未能也成連云吾師子春在海中能移人情乃與伯牙延望無人至蓬萊山留伯牙曰吾將迎吾師刺船而去旬

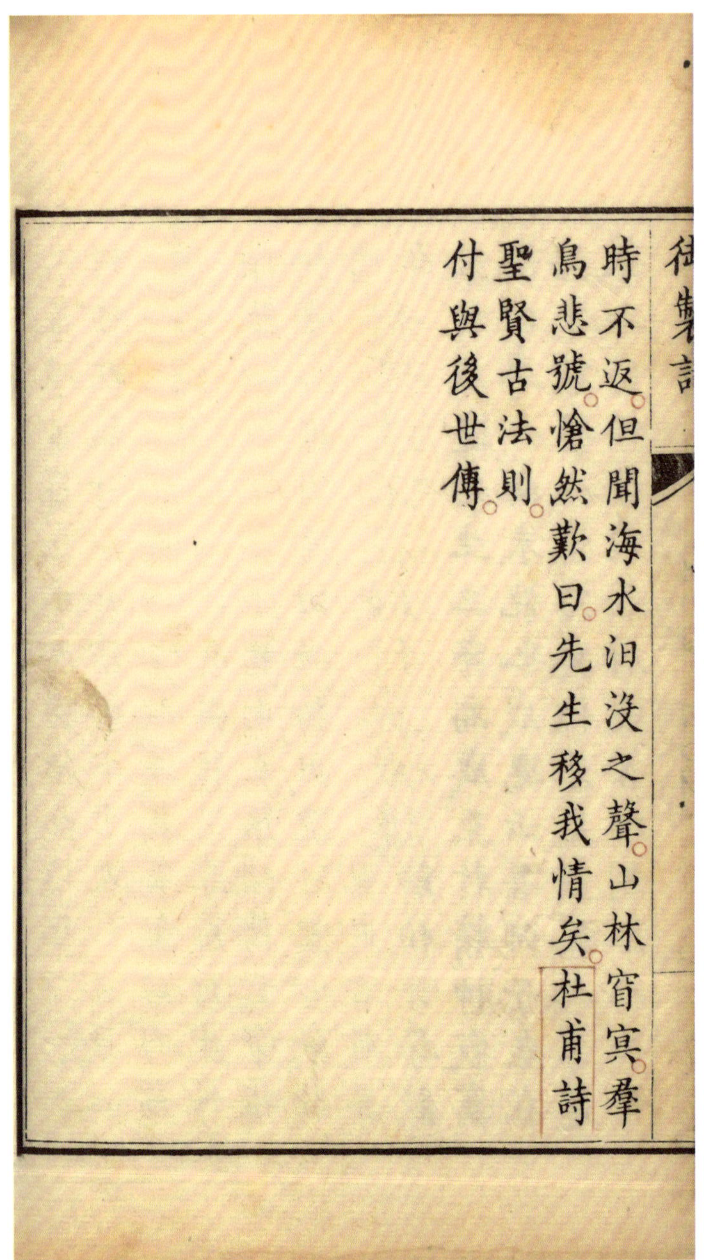

時不返。但聞海水汩沒之聲。山林窅冥。羣鳥悲號。愴然歎曰。先生移我情矣。杜甫詩

聖賢古法則。付與後世傳。

涵虛朗鑑

結宇福海之西左右雲堤紆委千章層青面前巨浸空澄一泓淨碧日月出入雲霞卷舒遠山煙嵐近水樓閣來不迎而去不距莫不樂其度内如如焉亦無如如者吾得之於濠上也

御製詩

涵虛斯朗鑑，鑑朗在虛涵。子華子：水涵太一之中精。木華海賦：茫茫橫流，含形內虛。唐無名氏水鏡賦：利濟者水，涵虛者鏡，懷朗鑑，遇物無心，處下流，通而不競。莊子：仲尼曰：人莫鑑於流水而鑑於止水。李白詩：朗鑑窮清深。

即此契元理，宋之問詩：理契都無象，心冥不計筌。老子：元之又元，衆妙之門。晉書裴綽傳：綽子遐善言元理，音詞清暢。張喬詩：四海求元理，千峯遠定身。

悠然對碧潭。陶潛詩：悠然對南山。江淹詩：臨風載悠然。劉勰新論：懸瀨

碧潭。瀾波洶湧。魚龍之所安

雲山同妙靜

也。宋之問詩 碧潭可遺老 江淹為蕭太傅謝侍中敦勸表 迎雲山而揖許由 蘇頲詩 雲山一一看皆美。楞嚴經 慈陰妙雲覆湼槃海。名法雲地 唐庚詩 山靜似太古。杜甫詩 靜者心多妙。

魚鳥適清酣

南史張充傳 長羣魚鳥畢景松阿。貢奎詩 幽幽魚鳥適 蘇軾詩 秋早川原淨麗雨餘風日清酣。

天水相忘處

謝靈運詩 空水共澄鮮。杜甫詩 天水相與永。莊子 魚相忘於江湖 人相忘於道術。王績答馮子華處士書 時取玩讀

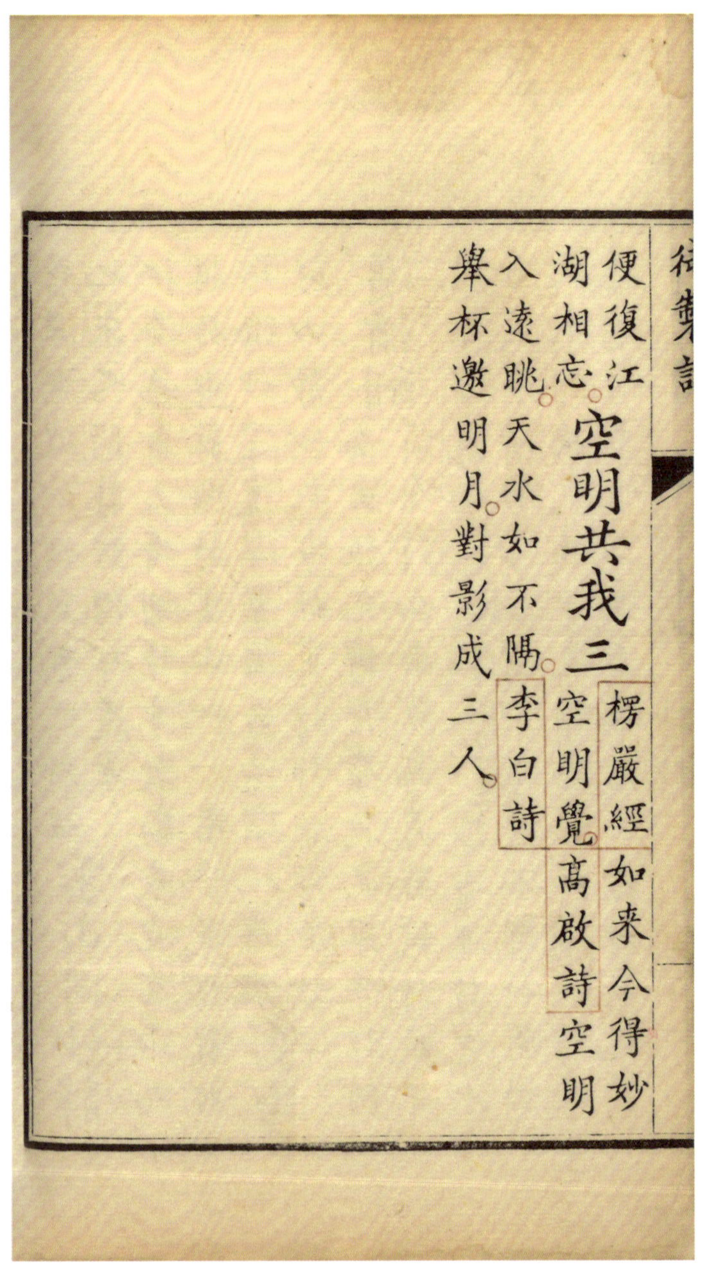
御製詩

便復江湖相忘。

空明共我三

楞嚴經如来今得妙空明覺。高啟詩空明入遠眺。天水如不隔。李白詩舉杯邀明月。對影成三人。

廓然大公

平岡廻合山禽渚鳥遠近相呼後鑒曲池有蒲菡萏長夏高敞北窗水香拂拂真足開豁襟顏

有山不讓土故得高巇巇史記李斯列傳太山不讓土壤故能成其高王篇巇山名集韻巇山峯巉巖也王延壽魯靈光殿賦上崎巇而重注

有河不擇流故得寬瀰瀰管子河海不逆細流故為百川長。史記李斯列傳河海不擇細流故能就其深。詩河水瀰瀰韻會瀰瀰水流貌。木華海賦渺瀰湠漫。許渾詩西巖泉落水容寬是之謂大公程子論定性書君子之學莫若廓然而大公。物來而順應。而我以名此左傳名以命之。偶值清晏閑漢書蔡義傳顧賜清閑之燕。得盡精思於前。鄭錫日中有王字賦河清海晏。時和歲豐。憑眺誠樂只南史徐勉傳華樓迴榭頗有憑眺之樂。張九齡詩憑眺情非一。詩樂只君子。

識得聖人心

陸機詩遺物識心。程子論定性書天地之常以其心普萬物而無心。聖人之常。以其情順萬事而無情。

聞諸程夫子

論語吾聞諸夫子。史記孔子世家中國言六藝者。折衷於夫子。宋史程顥字伯淳。以道學鳴。世稱明道先生。

坐石臨流

仄澗中㴑泉奔匯奇石峭列為坻為碕為嶼為輿激波分注潺潺鳴瀨可以漱齒可以泛觴作亭據勝泠然山水清音東為同樂園

白石清泉帶碧蘿甯戚飯牛歌滄浪之水白石粲成公綏嘯賦坐

盤石漱清泉。王維詩清泉石**曲流貼貼泛**
上流。杜甫詩碧蘿長似帶。
王粲浮淮賦背渦浦之曲流兮望馬
金荷丘之高澨。沈約詩金鉼泛羽卮。范成
大詩留連銀**年年上巳尋歡處**劉憲詩願
燭照金荷。奉年年祓
禊觴。後漢書禮儀志是月上巳官民皆絜
於東流水上。曰洗濯祓除去宿垢為太絜。
王禹偁詩臺英正約尋**便是當時晉永和**
芳會誰是山陰作序人。
宋書謝靈運傳論標能擅美獨映當時。王
羲之蘭亭序永和九年歲在癸丑暮春之

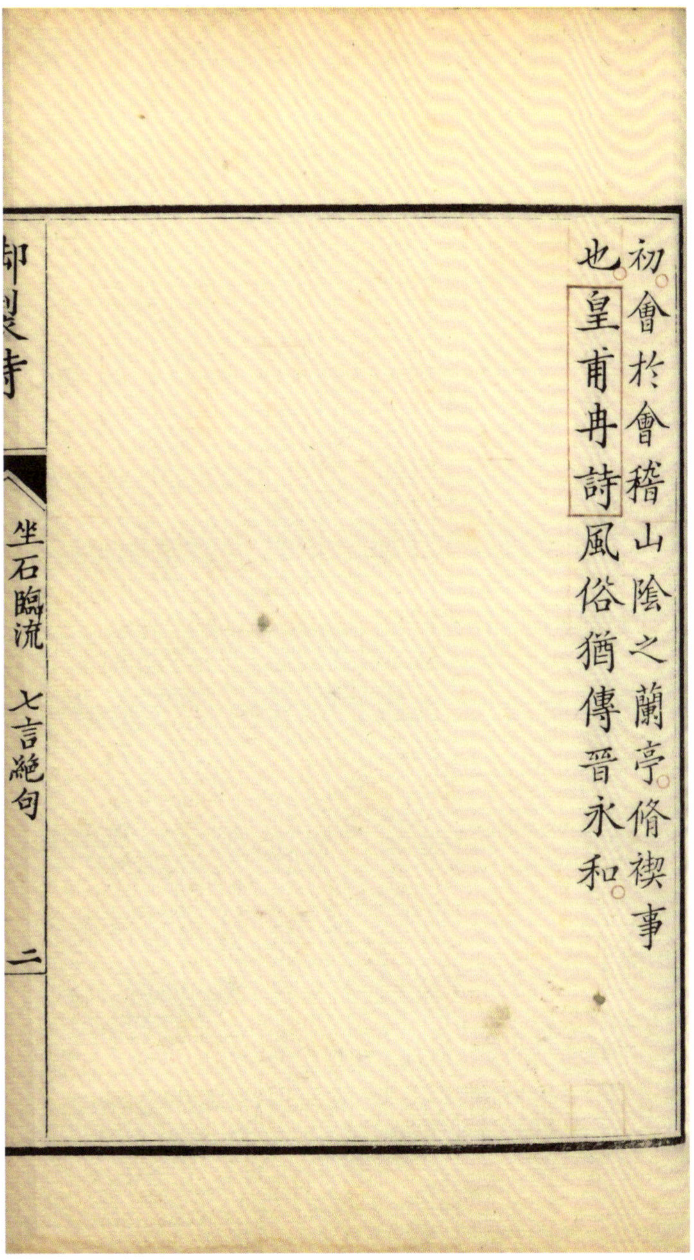

初會於會稽山陰之蘭亭脩禊事也皇甫冉詩風俗猶傳晉永和

御製詩　坐石臨流　七言絕句　二

御製詩

麯院風荷

西湖麯院為宋時酒務地荷花最多是有麯院風荷之名茲處紅衣印波長虹摇影風景相似故以其名名之

香遠風清誰解圖周子愛蓮說香遠益清亭亭淨植歐陽修荷花賦湛月白而風清梁元帝詩荷香帶風遠李廌畫品趙昌菡萏圖設色明潤荷花生

汙泥之中出于水而不著水昌此畫標韻清遠能識此意耳朱瀾詩老荃妙意誰知解丹粉圖中有諫書

亭亭花底睡雙鳧

朱超詩灼灼荷花瑞亭亭出水中杜甫詩退朝花底散魏書賀拔勝從宴昆明池有雙鳧遊池上一發俱中顧璘詩春入池塘起睡鳧

停橈隄畔饒真賞

元結欸乃曲停橈靜聽曲中意好是雲山韶濩音徐鉉詞濛濛堤畔柳如烟張說詩他日懷真賞

那數餘杭西子湖

隋書地理志餘杭郡平陳置杭州白居易詩未能拋

得杭州去一半勾留是此湖咸淳臨安志西湖在郡西舊名錢塘湖源出武林山周圍三十里號游觀勝地蘇軾詩欲把西湖比西子淡粧濃抹總相宜

御製詩

洞天深處

緣溪而東。徑曲折如蟻盤。短椽陋室。於奥為宜。襍植卉木。紛紅駭綠。幽巖石厂。别有天地非人間。少南即前垂天貺。皇考御題。予兄弟舊時讀書舍也。

幽蘭泛重阿屈原離騷經時曖曖其將罷兮結幽蘭而延佇宋玉招魂光風轉蕙氾崇蘭些庾儵槐賦有殊世之奇樹生中邱之重阿李充詩景嶽造天漢豐林冐重阿喬柯幕憇樹謝脁高松賦脩幹垂陰喬柯飛穎劉孝綽詩喬柯變夏葉王弼易注幕猶覆也謝惠連詩憇樹面曲氾臨流對迴潮牝壑既虛寂大戴禮邱陵為牡谿谷為牝殷仲文詩哀壑叩虛牝淮南子通洞條達無所凝滯虛寂以待于鵠詩山院不灑埽四時自虛寂細瀑時淙瀉

杜甫詩雲門吼瀑泉。高適漁父歌石泉淙淙若風雨。朱子詩曉澗淙流急。丁復詩素瀑漱清瀉。

瑟瑟竹籟秋

梁簡文帝詩遠聞風瑟瑟。白居易詩楓葉荻花秋瑟瑟。賈島詩條條竹籟殘。權德輿詩杉梧韻幽籟。河漢明秋天。何耕詩十頃琉璃秋色靜。一林竽籟曉聲寒。

亭亭松月夜

劉楨詩亭亭山上松。王安石詩亭亭千尺蔭南山。孟浩然詩松月夜窗虛。

對此少淹留

宋玉九辨時亹亹而過中兮。蹇淹留而無成。齊竟陵王詩邱壑每淹留。杜牧詩逢花莫惜暫淹留。

安知歲月流孔融論盛孝章書歲月不居時節如流。魏文帝樂府歲月如馳。李咸用詩波促年華日夜流。願為君子儒論語女為君子儒。柳晁答裴尚書書是中君子之儒。學而為道言而為經。崔璐詩既有曾參行。仍兼君子儒。不作逍遙遊莊子內篇逍遙遊第一。陸龜蒙詩雖非放曠懷。雅奉逍遙遊。

臣張若靄恭校

鴻臚寺序班臣孫祜臣
沈源恭畫

臣等恭注

御製圓明園詩仰見

皇上聖性淵涵鈞陶萬有闔闢元化斡

造物機星漢昭回日月糺縵臣等

注輯之次如陟泰華而見雲霞峯

巒之奇秀泛溟渤而睹洪瀾瑰寶

之瑋麗目眩心震莫能名言臣等
竊惟周書無逸言文王自朝至于
日中昃不遑暇食用咸和萬民而
大雅靈臺之篇盛稱其臺沼苑囿
禽魚馴獸之樂蓋惟有文王之勤
乃以有文王之逸而文王之樂其

樂固文王之緝熙光明穆穆不已於敬正如天道健行不息而四時行百物生鳶飛魚躍一化機之洋溢鼓盪而不自知也我

世宗憲皇帝葺

聖祖仁皇帝賜園以為豫遊臨御之所嘗

御製為記備述緣始
皇上因其舊而居之親灑
天章敬為後記繼志述事後樂先憂
聖心所存昭示天下後世者既詳哉其
言之矣
慈闈視膳之餘

萬幾聽覽之暇仰觀俯察暢洽
宸襟觸緒興懷形諸篇什爰仿
避暑山莊詩例標舉勝景分題繪圖序
而咏之凡四十篇臣等伏讀
御製後記有曰宫室服御得其宜適以
養性而陶情失其宜適以玩物而喪

志大哉
王言夫豈惟宮室服御爲然研聲律務
博覧先儒亦以爲譏唯寓意於物
而不爲物役斯無入而不自得焉
皇上敬
天法

祖勤政愛民自
御極以至於今旰食宵衣念茲在茲未嘗稍釋偶有寄託發為聲詩熏風晨露之歌天機盎溢非作意雕刻而為之者然即是詩敬讀之臨殿宇則思

鴻業之克纘凴亭榭則思
儉德之詒謀閱農圃則思
教稼之遺規覽動植則思
栽培豢養之厚澤登眺攄寫掞藻揚葩何
往非紹庭衣德之
孝思對時育物之

聖意哉臣等弇陋庸末挂漏實多幸得

挂名簡末敢推

聖天子緝熙敬止穆穆不已之德自然

流露於詩者究極言之以志管窺

蠡測之萬一云大學士臣鄂爾泰

臣張廷玉尚書臣任蘭枝臣張照

臣汪由敦左都御史臣劉統勳侍郎臣梁詩正臣錢陳羣副都御史臣勵宗萬通政使臣張若靄大理寺卿臣嵩壽光祿寺卿臣莊有恭僉都御史臣嵇璜侍讀臣觀保敬跋

臣等恭注
御製圓明園詩仰見
皇上聖性淵涵鈞陶萬有闔闢元化斡
造物機星漢昭回日月糺縵臣等
注輯之次如陟泰華而見雲霞峯
嶨之奇秀泛溟渤而睹洪瀾瑰寶

御製詩

之瑋麗目眩心震莫能名言臣等竊惟周書無逸言文王自朝至于日中昃不遑暇食用咸和萬民而大雅靈臺之篇盛稱其臺沼苑囿禽魚馴獸之樂蓋惟有文王之勤乃以有文王之逸而文王之樂其

樂固文王之緝熙光明穆穆不已
於敬正如天道健行不息而四時
行百物生鳶飛魚躍一化機之洋
溢鼓盪而不自知也我
世宗憲皇帝葺
聖祖仁皇帝賜園以為豫遊臨御之所嘗

御製為記備述緣始
皇上因其舊而居之親灑
天章敬為後記繼志述事後樂先憂
聖心所存昭示天下後世者既詳哉其
言之矣
慈闈視膳之餘

萬幾聽覽之暇仰觀俯察暢洽
宸襟觸緒興懷形諸篇什爰仿
避暑山莊詩例標舉勝景分題繪圖序
而咏之凡四十篇臣等伏讀
御製後記有曰宫室服御得其宜適以
養性而陶情失其宜適以玩物而喪

志大哉
王言夫豈惟宮室服御爲然研聲律務
博覽先儒亦以爲譏唯寓意於物
而不爲物役斯無入而不自得焉
皇上敬
天法

祖勤政愛民自
御極以至於今旰食宵衣念兹在兹未
嘗稍釋偶有寄託發為聲詩熏風
晨露之歌天機盎溢非作意雕刻
而為之者然即是詩敬讀之臨殿
宇則思

鴻業之克纘凴亭榭則思
儉德之詒謀閱農圃則思
教稼之遺規覽動植則思
栽培豢養之厚澤登眺攄寫挾藻揚葩何
徃非紹庭衣德之
孝思對時育物之

聖意哉臣等弇陋膚末挂漏實多幸得

挂名簡末敢推

聖天子緝熙敬止穆穆不已之德自然

流露於詩者究極言之以志管窺

蠡測之萬一云大學士臣鄂爾泰

臣張廷玉尚書臣任蘭枝臣張照

臣汪由敦左都御史臣劉統勳侍郎臣梁詩正臣錢陳羣副都御史臣勵宗萬通政使臣張若靄大理寺卿臣嵩壽光祿寺卿臣莊有恭僉都御史臣嵇璜侍讀臣觀保敬跋